KB097239

정체

정체

초판 1쇄 발행 | 2013년 9월 10일
    3쇄 발행 |2021년 10월 26일
지은이 | 임태희
펴낸이 | 최윤정
펴낸곳 | 바람의 아이들
만든이 | 최문정 이창섭 이민영 양태종 이소희
등록 | 2003년 7월 11일(제312-2003-38호)
주소 | 121-841 서울시 마포구 서교동 448-29
전화 | (02)3142-0495   팩스 | (02)3142-0494
이메일 | windchild04@hanmail.net

ISBN 978-89-94475-38-7 44800
ISBN 978-89-90878-04-5(세트)

정체

임태희 지음

바람의아이들

차례

낙원

종로 거리를 걷고 있는데 왼쪽 눈썹 위로 차가운 것이 떨어졌다. 뭐지, 하며 위를 올려다보니 구름이 하늘을 빈틈없이 가리고 있었다. 하얀색, 노란색, 회색, 주황색……. 오늘의 구름은 한 가지 색이 아니라는 것을 깨달은 순간 차가운 것이 호드득 얼굴에 떨어졌다. 손으로 입술 근처의 물기를 훔쳐 내며 이게 무얼까 생각했다. 비라고 하기엔 촉감이 가볍고 눈이라고 하기엔 물기가 많았다. 그 어정쩡한 상태의 것은 점점 더 많이 떨어졌다. 앞에서 전화 통화를 하며 걷던 양복 입은 아저씨가 카페 유리 앞 빨강색 차양 아래로 뛰어 들어가는 모습이 보였다. 침착하게 가방에서 우산을 꺼내어 펼치는 자고 뚱뚱한 아주머니도 보였다. 나는 윗옷에 달린 모자를 쓰고 계속 일정한 속도로 걸었다. 보도블록이 젖어 갈수록 색이 짙어지고 차가 달리는 소리도 축축해졌다. 갑자기 세상에 무게가 더해진 듯했다.

어학원 건물 맞은편 횡단보도에 다다랐을 때 먼저 와 서 있던 키가 큰 여자애가 눈에 들어왔다. 하늘색 점퍼에 청바지. 'This bag is full of emptiness'라고 쓰여 있는 커다란 천가방. 살짝 젖은 채로 엉켜 있는 짧은 곱슬머리. 모두 내게 익숙한 것들이었다. 어학원 같은 클래스에서 공부하는 아이. 늘 교실 왼쪽 기둥 옆에 앉는…… 이름이 연우였던가 영우였던가.

초록색 신호등이 켜졌다. 나는 반사적으로 움찔했지만 다리를 움직이지는 않았다. 그 아이가 꼼짝 않고 우두커니 서 있었다. 초록색 불이 깜박이기 시작했을 때 나는 시계를 보았다. 지금 건너면, 건너서 조금만 뛰면 학원 수업 시간에 딱 맞춰 들어갈 수 있다. 나는 초조해하며 그 애를 지켜보았다. 그 애가 흠칫 고개를 들었다. 그래, 잘했어. 이제 길을 건널 거지? 나는 속으로 생각했다. 그런데 그 애는 마치 길을 잃은 사람처럼 불안한 얼굴로 사위를 두리번거렸다. 그러다 손바닥을 허공에 내밀고 가만히 서 있었다. 하늘에서 뭔가 내리고 있다는 걸 그제야 알았다는 듯이.

신호등이 빨간불로 바뀌고 차들이 사납게 우리 앞을 지나갔다. 나는 용기를 내 그 애에게 한 발짝 다가갔다.

"안녕……?"

그 말을 내뱉고 나자 뭔가 굉장히 시원한 기분이 되었다. 태어나 처음 말다운 말을 한 것처럼. 그러고 보니 누군가에게 먼저 말을 건 게 얼마 만인지 기억이 나질 않았다. 그 애의 눈빛이 나를 본 순간 또렷해지는 걸 느낄 수 있었다. 내 얼굴을 알아보는 것 같았지만 대꾸가 없었다. 괜히 말을 붙였나? 그래도 그 덕분에 내 기분이 나아졌으니 만족한다고 생각했다. 그 애가 뒤늦게 입을 열었다.

"지금 내리는 거…… 비야, 눈이야?"

"음, 글쎄. 나도 그걸 궁금해하고 있었어."

말을 하면서 나는 내가 웃고 있다는 걸 느꼈다. 바보같이 좀 헤프게. 벌어진 입으로 하얀 입김이 새어 나왔다.

그 애는 잠시 생각하더니 말했다.

"낙원동 가려면 어느 쪽으로 가야 되는지 알아?"

나는 웃음을 멈추고 도리질을 했다.

"너, 아는 게 없구나?"

그다음 말을 듣지 않았다면 무시당했다고 느꼈을지도 모르겠다.

"나도 그래. 제대로 아는 게 하나도 없어."

젖어서 이마에 딱 달라붙은 머리카락을 뒤로 넘기고 턱을 쳐들며 그 애기 말했다. 보이지 않는 누군가를 상대하듯 강해 보이려 애를 쓰는 모습. 짐작이 갔다. 그 애가 하고 싶은 건 자책이 아니라 오히려 그 반대. 그러니까 자기 탓이 아니라고 오기를 부리고 싶은 거다. 나는 그 기분을 안다. 그럴 때 무엇을 바라는지도. 난 그 애 옆에서 잠자코 서 있었다.

그 애가 갑자기 휙 돌아서서 걷기 시작했다. 뜻밖의 행동이어서 나도 모르게 큰 소리가 나왔다.

"야, 어디 가?"

그 애가 걸음을 멈추고 돌아서서 말했다.

"낙원동."

"거기 뭐가 있는데?"

"몰라."

"⋯⋯?"

내가 황당하다는 표정을 지어 보이자 그 애가 고집스럽게 말했다.

"아무튼 난 갈 거야."

"야아."

그때 파란 신호등이 켜졌다. 그 애는 가던 방향으로 계속 가고 있었고 나는 학원과 그 아이 사이에서 결정을 내려야 했다. 아니, 내 다리는 이미 결정을 내린 상태였다. 나는 벌써 그 애에게 달려가고 있었던 것이다.

우리는 비인지 눈인지 불분명한 것을 맞으며 나란히 걸었다. 기분이 묘했다. 지난 수업 시간까지만 해도 이 아이와 이렇게 나란히 걷게 될 줄은 상상도 못했으니까. 할 말이 많을 것 같았는데 그렇지 않았다. 이름이라도 물어볼까 하는 생각이 들었지만 그만두기로 했다. 그건 왠지 자연스럽지 못한 것 같았다.

큰 보석 가게가 있는 모퉁이에서 그 애의 걸음이 서서히 멎었다. 그 애는 잔뜩 인상을 쓰고 도로 표지판을 올려다보았다. 신중하게 방향을 따져 보는 듯했다. 드디어 자연스럽게 말할 기회가 온 것 같았다.

"어느 쪽으로 가면 될지 감이 와?"

그 애는 자신없는 표정으로 오른쪽을 가리켰다.

"이쪽일 것 같아."

표지판을 보니 그 애가 가리킨 쪽으로 가면 광화문이 나온다고 되어 있었다. 광화문으로 가면 낙원동에 가까워지는 건지 알 수 없었지만 나는 고개를 끄덕이며 가 보자고 했다. 어차피 목적지에 도달할 수 있는지 여부는 나에게 별 의미가 없었다. 학원이 아닌 엉뚱한 장소에서 자신이 이상한 줄 모르는 이상한 아이와 함께 시간을 보내고 있다는 사실만이 중요했다.

청계천이 내려다보이는 좁은 인도에 올라서며 내가 말했다.

"머리 많이 젖었다. 안 추위?"

"아직은 괜찮아. 근데 넌 왜……"

그 애는 뭔가 물으려다 나와 눈이 마주치자 말을 삼켜 버렸다. 그런데 이상하게도 나는 그 애가 묻고 싶은 게 뭔지 알 것 같았다. 근데 넌 왜 날 따라왔어? 그 애가 묻고 싶은 걸 내가 알듯이 그 애도 내 대답을 이미 알고 있을 것 같았다. 그냥, 누구랑 같이 좀 걷고 싶었어.

"우린 같은 길을 걷고 있잖아. 그렇지?"

무슨 이야기를 하려는 걸까 궁금해하며 그 애를 (정확히 말하자면 그 애의 목 언저리를) 바라보았다. 그 애가 계속 말했다.

"그런데 우리가 정말로 같은 길을 걷고 있을까? 나의 풍경과 너의 풍경이 같지 않아도 같은 길을 걷고 있다고 말할 수 있는 걸까?"

"넌센스 퀴즈 같은 거니?"

내가 당황한 표정을 지어 보이자 그 애가 소리없이 웃었다.

"조금만 기다려 봐. 이 블록 끝까지 가서 자세히 설명해 줄게."

청계천을 가로지르는 작은 돌다리가 있는 곳에서 블록이 나뉘어졌다. 그 애가 다리 난간을 붙잡고 빙글 돌아서며 말했다.

"다 왔다. 눈을 감고 방금 걸어온 길에서 네가 본 걸 말해 봐."

"글쎄. 난 특별히 뭘 본 것 같지 않은데……"

그러면서 나는 그 애가 시키는 대로 눈을 감았다.

"음……. 아주 작고 낡은 간판 하나밖에 기억이 안 나."

"그 간판에 뭐라고 적혀 있었어?"

"시계, 열쇠, 도장, 계산기 따위가 작은 글씨로 조잡하게 적혀 있었던 것 같아. 근데 정확하지 않을 수도 있어."

"그 간판을 보고 무슨 생각을 했는데?"

"잘 모르겠어. 그렇게 허술한 간판으로 과연 장사가 될까, 뭐 그런 생각?"

"좋아. 이제 눈 떠 봐."

그 애가 길 건너편에 있는 초콜릿색 커다란 빌딩을 가리키며 말했다.

"나는 줄곧 저 빌딩 속이 궁금했거든. 저 속에 얼마나 많은 사람들이 들어 있을까, 무슨 일들을 하고 있을까……. 그러다가 모든 게 거짓말 같다는 생각이 잠깐 스쳤어."

나는 빌딩을 올려다보았다. 빌딩 유리로 형광등 불빛이 새어 나오고 있었다. 40층? 아니 50층쯤 되려나? 한 층에 열 사람씩만 있다고 쳐도 사오백 명이었다. 사오백 개의 딴 세계가 저 빌딩 속에 있는 셈이다. 그들은 지금 무슨 일에 매달려 있을까.

그 애가 말했다.

"난 있지, 어떨 땐 내 눈이 보고 있는 것이 밖이 아니라 내 안인 것 같다는 생각이 들 때가 있어."

우리 말없이 다시 걷기 시작했다. 청계천을 따라 걷는 내내 나는 내가 무언가를 보고 있다는 것을 의식하게 되었다. 그리고 그것이 어쩌면 나의 내면일 수도 있다는 가능성에 대해서 생각했다. 하늘에서 내리던 비와 눈 사이의 어중간한 것은 부쩍 가늘어져 드문드문 내리고 있었다.

청계천이 시작되는 인공 폭포가 있는 지점에서 우리는 잠시 쉬어 가기로 했다. 두꺼운 철근 난간에 기대어 투명하게 쏟아지는 청계천 물줄기를 바라보며 내가 물었다.

"그런 생각 자주 하니?"

"어떤 생각?"

"너랑 같이 걷는 사람들이 너와는 다른 것을 보고 있을 거라는 생각."

"아직도 그 생각 하고 있었어? 괜히 미안해지네. 심각할 거 없어. 그냥 멋 좀 부려 본 거야."

그 애의 가벼운 태도에 나는 왠지 속이 상했다.

"그러지 마."

"뭐?"

"나한테 선을 긋고 있잖아."

"내가? 그런가?"

또 가벼운 말투.

"아무도 널 이해하지 못할 것 같니?"

말을 뱉어 놓고는 곧 후회했다. 너무 깊이 들어갔다는 느낌이 들었다.

"어쩔 수 없잖아. 사람들은 다 각자의 세계 속에서 살고 있으니까."

그 애는 변명하듯 말하며 나를 보다가 갑자기 신경질적인 목소리로 돌변했다.

"나한테 뭘 바라는 거야?"

나는 놀라서 더듬거리면서도 내 뜻을 전하려 노력했다.

"뭘 바라서가 아니라…… 난 그냥, 일종의 가능성에 대해서……."

징징거리는 어린애 같은 목소리. 내 목소리지만 정말 마음에 들지 않는다고 생각하면서 난 계속 뭔가를 설명하려 애썼다.

"우린 다른 것을 보고 있었지만 네가 그 빌딩을 보라고 했을 때 난 그걸 볼 수 있었잖아."

"그래서?"

"우리가 대화를 많이 나누고 서로를 잘 이해하게 된다면 네 눈에 보이는 걸 나도 볼 수……."

그 애는 내가 너무 순진하다는 투로 되물었다.

"그렇게 생각해?"

그 애는 기대고 있던 난간에서 떨어져 광화문 광장 방향으로 걸음을 옮겼다. 나는 뭔가 단단히 망친 기분이 되어서 억지로 그 뒤를 따랐다. 세종로 사거리에서 길을 건너기 위해 신호를 기다리는 동안 고민이 되었다. 그냥 확 집으로 가 버릴까. 제멋대로 길을 정하고 제멋대로 화를 내는 이 아이는 어차피 나에겐 눈곱만큼도 관심이 없어 보였다. 이 이기적인 아이의 마음에 들려고 애를 써 봤자 무슨 소용일까. 젖은 모자가 무겁게 느껴졌다. 나는 바로 앞 이순신 장군 동상과 그 뒤쪽에 새로 생긴 세종대왕 동상을 차례로 노려보다가 문득 그 애가 나를 바라보고 있다는 것을 깨달았다.

"광화문이 한자로 무슨 뜻인지 알아?"

나는 장단을 맞춰 주고 싶은 기분이 아니었다. 빨간 신호등만 보고 있는데 그 애가 말했다.

"나도 방금 저 표지판을 보고 알게 됐는데 저기 보이지?"

초록색 도로 표지판에 하얀 글씨로 광화문(光化門)이라고 적혀 있는 것이 보였다.

"빛 광, 될 화, 문 문. 그러니까 '빛이 되는 문'이야. 예쁜 뜻이지? 저 문으로 들어가면 빛이 되는 거야."

나는 곧게 뻗은 16차선 대로 끝에 있는 광화문을 흘끔 보고는 심술궂게 말했다.

"못 들어가. 지금 보수공사 중이거든."

"나한테 화났니?"

그 애는 웃고 있었다.

파란 신호등이 들어오자마자 나는 길을 건넜다. 어느덧 하늘이 어둑해져 있었다. 괜히 젖어 가면서까지 시간 낭비를 한 것 같아 기분이 엉망이었다. 나는 그 애가 따라오든 말든 신경 쓰지 않겠다고 결심하고 빠른 걸음으로 걷다가 얼마 못 가서 멈추었다. 빨간 천으로 덮인 조그맣고 기우뚱한 탁자 위에 마술 도구를 늘어놓은 할아버지가 길거리에서 공연을 하고 있었다. 까만 연미복을 차려입은 그 할아버지는 입에서 만국기를 줄줄이 뽑아내고 있었다. 리듬을 타고 무릎을 굽혔다 폈다 하면서 신나게.

영원히 끝나지 않고 나올 것 같은 만국기를 처음엔 신기한 듯 구경하던 대여섯 명의 구경꾼들은 정말로 끝날 기미가 보이지 않자 싫증을 느끼고 자리를 떠났다. 남은 구경꾼은 나와 어느새 내 옆에 와서 서 있던 그 애, 이렇게 둘뿐이었다. 우리는 신경전을 벌이듯 만국기 쇼가 끝날 때까지 부루퉁한 표정으로 기다리다가 마침내 마지막 국기가 할아버지 입에서 튀어나오자 마지못해 박수를 쳤다. 할아버지가 박수를 쳐 달라는 몸짓을 해서 억지로 친 것이었다.

할아버지는 아직 쇼가 끝나지 않았다는 듯 손가락을 들어 집중을 시키고는 순식간에 맨손에서 장미꽃을 만들어 냈다. 그러고는 귀 뒤에서 동전을 자꾸자꾸 뽑아냈다. 연기도 불꽃도 없는 초라한

쇼였다. 내가 떠나고 싶어 하는 걸 눈치챘는지 다급하게 손을 놀리던 할아버지는 동전을 후두두 떨어뜨렸다. 우리는 얼떨결에 할아버지를 도와 동전을 주웠다. 할아버지 연미복에서 어떤 냄새가 나는 걸 느꼈다. 오래된 옷장 서랍에서 나는 그런 냄새. 얼마나 오랜만에 저 연미복을 꺼내 입은 걸까 궁금해지면서 할아버지의 마술쇼를 끝까지 봐야 한다는 묘한 의무감이 생겼다. 그 애도 나와 비슷한 것을 느낀 듯했다. 무언의 약속이라도 한 듯 우린 참을성을 발휘해 그 빤한 마술쇼를 계속 지켜보았다.

조잡한 마술 도구들을 모두 한 번씩 사용하고 나자 할아버지가 회심의 미소를 지으며 말했다.

"이번 마술은 좀 특별한 거야. 일단 나한테 아무 물건이나 줘 보지 않으련?"

나는 난처한 얼굴로 그 애를 바라보았다. 그 애가 머뭇거리다가 어깨에 메고 있던 묵직한 천가방을 통째로 할아버지에게 건네주었다. 할아버지가 가방을 위아래로 흔들어 무게를 가늠해 보더니 말했다.

"제법 무겁구나. 혹시 이 가방 속에 사라져 버렸으면 하는 물건이 있니?"

그 애가 고개를 끄덕거리자 할아버지가 말했다.

"그걸 마음속으로 생각하고 있으렴."

할아버지는 희고 쭈글쭈글한 손가락으로 나와 그 애의 콧등을 쓰다듬어 콧기름을 모으더니 한참 동안 주문 같은 것을 중얼거렸다. 그러다 갑자기 "사라져라!" 하고 외치고는 정지 화면처럼 꼼짝 않고 서 있었다. 박수를 쳐야 하나 고민하고 있는데 할아버지가 우리 눈 앞으로 가방을 불쑥 내밀었다.

"가방을 살펴봐라. 뭐가 사라졌는지."

그 애는 가방을 받아들자마자 눈이 휘둥그레졌다. 거짓말처럼 홀쭉해진 가방을 보고 나 역시 입이 떡 벌어졌다. 확인차 가방을 뒤집어 보았으나 역시 텅 비어 있었다.

할아버지는 아직 놀라기엔 이르다는 듯 가방을 다시 가져가더니 말했다.

"이번엔 가방에 들어 있었으면 하고 바라는 것을 생각해 보렴."

그 애는 열렬히 고개를 끄덕였고 나는 할아버지가 속임수를 쓰는 순간을 포착해 내려고 눈에 잔뜩 힘을 주었다. 할아버지가 또다시 콧기름을 모아 주문을 외웠다. 이윽고 가방 주둥이를 벌리자 그 속에서 하얀 비둘기 한 마리가 푸드덕거리며 튀어나왔다. 할아버지가 연미복 주머니에서 새 모이를 꺼내자 비둘기가 할아버지 손 위로 날아가 모이를 쪼아 먹었다. 할아버지가 박수를 쳐 달라는 눈치를 주었다. 나는 박수를 치는 둥 마는 둥하며 물었다.

"어떻게 하신 거예요?"

"마술이지."

할아버지는 배시시 웃으며 대답하고는 마술 도구를 챙기며 말했다.

"공연 끝났다. 그만 가던 길 가거라."

할아버지가 손을 내두르는 통에 우리는 얼떨떨한 기분으로 물러날 수밖에 없었다. 어느새 가로등에 불이 들어와 있었다. 조명이 켜진 광화문을 바라보며 걷다가 그 애가 빈 가방을 다시 열어 보며 말했다.

"한 번쯤 가방을 완전히 비워 보고 싶었는데 할아버지는 내 마음을 어떻게 아셨을까."

그 순간 나는 그 애와 내가 참 많이 다르다는 걸 깨달았다. 나라면 그렇게 한가한 소리는 못했을 것이다. 분위기를 깨는 질문인 줄 알면서도 내 현실감각은 자꾸만 나를 채근했다.

"다 없어져도 괜찮은 거야? 가방 안에 전자사전이나 엠피쓰리 같은 거 없었어?"

그 애는 실실거리며 가방 주둥이를 벌려 모자처럼 머리에 뒤집어쓰고는 깔깔댔다. 나는 놀림 당하는 기분이 들어 볼멘소리를 냈다.

"뭐야. 남은 걱정하는데."

그 애는 내 화를 돋우려는 듯 계속해서 웃었다. 나는 그 애의 바보스러운 모습을 보며 한심해하다가 가방에 적힌 글자를 읽고는 피식 웃고 말았다. ' This bag is full of emptiness' 이 가방은 텅 빔으로 가득 차 있습니다. 꼭 그대로 되었잖아. 우린 점점 큰 소리로 웃었다. 미국 대사관 앞을 지키고 서 있던 경비경찰들이 우리를 수상한 눈으로 바라보았다.

"왠지 집에 가면 가방에 들어 있던 물건들이 책상 위에 가지런히 놓여 있을 것 같은 기분이 들어."

그 애의 말에 나는 고개를 끄덕였다. 정말 그럴 것만 같은 순진한 기분이 들었다.

광화문 삼거리에서 우리는 길을 물어보기로 했다. 케이크 상자와 꽃다발을 들고 꽃집에서 나오던 젊은 연인이 낙원동 가는 길을 대강이나마 알고 있었다. 그들은 자기들끼리 한참 토론을 벌인 끝에 안국동 사거리까지 가서 인사동 길을 따라 쭉 내려가다가 공영 주차장이 보이거든 거기서 다시 길을 물어보라고 친절하게 일러주었다. 여태껏 전혀 엉뚱한 장소에서 헤매고 있었다는 것을 알았지만 억울하거나 하지는 않았다.

안국동 방향으로 난 좁고 울퉁불퉁한 거리를 따라 걷다가 그 애가 말했다. 좀 가라앉은 목소리였다.

"아까 네가 한 이야기 말야, 사람들이 노력하면 정말 서로를 이해할 수 있을까. 내 생각엔 한계가 있을 것 같아. 사람들에겐 모두

21

마술 같은 부분이 있어. 마음속 어딘가에 하얀 비둘기가 한 마리 씩 살고 있다고. 그런데 사람들은 그걸 인정하려 들지 않아. 소매 속에 뭔가 속임수가 있을 거라고 생각하지. 난 끝까지 내 비둘기가 있는 곳을 알려 주지 않을 테야. 바보 놀음에 물들지 않을 거라고."

"네가 하고 싶은 말이 뭔지 잘 모르겠어. 솔직히 네 말은 좀 잘난 척처럼 들리기도 해. 누굴 이해하는 건 당연히 어려운 일이야. 그러니까 '노력'해야 하는 거 아닐까."

나는 조심스럽게 단어를 선택하며 말을 이었다.

"마술 얘기가 나와서 말인데 그 마술사 할아버지가 왜 거기서 마술 공연을 하는 걸까 생각해 봤니? 난 할아버지의 마술을 보면서 행복한 기분이 들었어. 오랜만에 머릿속의 계산기가 꺼진 것 같은 기분이 들었다고. 우리가 공연을 끝까지 지켜보고 박수를 쳐드리니까 할아버지도 기뻐하셨잖아. 안 그래? 진짜 마술은 그런 게 아닐까. 사람과 사람 사이의 교감 같은 것."

나는 말을 내뱉고 나서야 굉장히 멋진 말이었음을 깨닫고 우쭐해졌다. 이 애와 함께 있으면 자꾸만 진지해진다는 사실도 깨달았다. 진지하다는 건 생각보다 그리 불편한 느낌이 아니었다.

안국동 사거리에서 우린 인사동 길로 접어들었다. 날씨가 좋지 않은데도 불구하고 사람들이 제법 많았다. 내가 길을 낯설어하는 기색을 보이자 그 애가 말했다.

"미대 입시 준비하는 친구를 따라서 여기 몇 번 와 본 적이 있어. 미술 도구 싸게 파는 곳이 있거든. 낙원동이 여기서 가까운 줄은 몰랐네. 어디로 가면 될지 대충 알 것 같아. 아무튼 넌 나만 믿고 따라오면 돼."

저마다 다른 방향으로 움직이고 있는 우산 쓴 사람들을 헤치고 조금씩 나아갔다. 좁다란 골목길로 들어가니 갑자기 한산해지면서 어떤 건물 주차장으로 길이 곧장 이어졌다. 인도가 끊기고 우리 옆으로 차들이 험하게 다녀서 정신이 사나웠다. 우리는 주차장 건너편으로 빠져나가 건물 밖으로 나갔다. 건물 바깥벽에 있는 층계에서 기타 가방을 멘 비쩍 마른 남자가 내려오는 것이 보였다. 우린 그쪽으로 다가갔다.

처음에 남자는 우리 옷과 머리카락에서 뚝뚝 떨어지는 물방울을 보고 놀란 표정을 짓더니 이내 이해한다는 듯 미소를 지었다. 낙원동이 어디냐고 묻자 남자가 대답했다.

"이 건물이 낙원상가거든. 그러니까 이 근처가 낙원동일걸?"

그러고 보니 바로 코앞에 있는 떡집과 슈퍼 이름에 '낙원' 자가 붙어 있었다. 남자에게 고맙다는 인사를 하고 가려는데 그가 우릴 불러 세웠다.

"잠깐만, 나도 뭐 하나만 묻자."

남자가 머리를 긁적거리며 생각을 정리하는 듯하더니 말을 이었다.

"그러니까 난 사실 길치거든? 길치가 뭔진 알지?"

"아, 네. 길을 잘 못 찾는 거잖아요."

내가 얼떨떨하게 대답하자 남자가 고개를 주억거렸다.

"그래. 맞아. 근데 왜 사람들은 나만 보면 길을 물어볼까? 밴드하는 친구들이랑 같이 있을 때에도 꼭 나한테만 물어본다니까. 내 얼굴만 보면 갑자기 길을 물어보고 싶어질 리는 없고, 그렇다고 내가 길을 잘 찾게 생겼냐 하면 그건 정말 아니잖아. 난 오히려 흐리멍텅하다는 말을 자주 듣는다고. 그런데 왜 다들 나한테 길을 물어보는 걸까? 어떻게 생각해?"

"글쎄요. 저는 잘⋯⋯."

"그럼 이렇게 묻자. 너흰 왜 나한테 길을 물어본 거니?"

"별다른 이유는 없었어요. 그냥 아저씨를 봤을 때 딱 느낌이 왔는데⋯⋯."

"어떤 느낌?"

"그냥 이 사람이다, 이 사람은 알 것 같다, 하는 느낌요."

궁색했다. 더 이상 설명할 능력이 없었다. 남자도 뭔가 부족하다고 생각하는 눈치였다. 그때 내 옆에서 잠자코 남자를 지켜보던 그 애가 불쑥 끼어들었다.

"아저씬 편해 보여요."

"뭐라고?"

남자가 그 애 쪽으로 고개를 쭉 빼고 되물었다. 그 애는 움찔 뒤로 물러서서는 우물거렸다.

"제 말은, 아저씨는 어디서나 편해 보일 것 같다고요. 유독 풍경하고 잘 어우러지는 사람들이 있거든요. 어딜 가나 그 동네 사람처럼 보이니까 사람들이 길을 물어보는 걸 거예요."

남자의 입꼬리가 서서히 올라갔다.

"여태까지 들은 설명 중에 제일 그럴듯한데? 고맙다."

남자는 나와 그 애의 손을 덥썩 덥썩 잡고 악수를 하더니 가벼운 발걸음으로 사라져 갔다. 우리는 남자의 뒷모습을 바라보다가 얼굴을 마주보고 빙긋 웃었다.

우리는 낙원상가 일대를 둘러보았다. 그리 깔끔하지도 세련되지도 않은, 어딘가 모르게 늙수그레한 느낌마저 드는 곳이었다. 우리는 허기를 달랠 겸 조그만 슈퍼에서 호빵을 샀다. 근처에 식당들이 많았지만 주로 술과 안주를 파는 데다 가게 분위기가 어딘지 모르게 무거워서 들어가기에 망설여졌던 것이다.

슈퍼 앞에 파라솔과 둥근 테이블이 있었다. 플라스틱 의자에 물기를 대충 털어 내고 앉으니 피로가 한꺼번에 몰려들었다. 단숨에 십 년쯤 늙어 버린 것 같았다. 으슬으슬 춥고 허리와 종아리가 뼈

근했다. 자고 나면 몸살이 날 것 같다는 생각이 들었지만 그 노곤한 기분이 무척 좋았다. 우리는 추위를 덜기 위해 바짝 붙어 앉았다. 한 파라솔 아래에 붙어 앉아 있으니 마치 우리 둘만 아는 비밀 공간에 와 있는 것처럼 아늑했다. 하늘에서 내리는 알 수 없는 것은 비나 눈으로 쉽사리 변하지 않은 채 어중간한 상태 그대로 질금질금 내리고 있었다. 나는 그 애가 머리에서 물기를 짜내는 모습을 지켜보다가 물었다.

"낙원동에 오면 뭐 하려고 했어?"

내 물음에 그 애가 어깨를 으쓱했다.

"꼭 뭘 하겠다는 생각보다는 그냥, 어디든 마음만 먹으면 갈 수 있다는 걸 확인하고 싶었어."

나는 김이 모락모락 나는 호빵을 한 입 크게 베어 물고는 그 애가 한 말을 음미했다.

"어디든 마음만 먹으면 갈 수 있다……."

어떤 곳이 세상에 있음을 아는 것만으로는 그곳에 닿을 수 없다. 어딘가에 닿기 원한다면 길을 나서야 한다. 헤매는 것을 두려워했다면 나는 이 아이를 영영 모르고 살았을지도 모른다.

그 애가 하품을 하더니 내 어깨에 머리를 기댔다. 그 애의 갑작스러운 행동에 너무 놀란 나는 입안의 것을 꿀꺽 삼켰다. 뜨거운 것이 식도를 타고 내려가는 것이 느껴졌다. 한쪽 어깨로 온 신경

26

이 집중되었다. 그대로 오래 있고 싶었다. 어깨를 어떻게 해야 그 애가 편할지 고민스러웠다. 그 애의 머리가 뜨겁게 느껴졌다. 열이 있나? 생각보다 머리가 무거운 것 같기도 했다. 그 애의 젖은 머리카락이 귓불을 자꾸 건드렸다. 나는 머리카락에 귀가 닿지 않게 그 애와 같은 방향으로 고개를 기울였다. 눈 앞의 풍경이 함께 기울어졌다. 건물 벽에 붙은 광고지는 반쪽이 떨어져 나가고 없었다. 살찐 갈색 고양이가 그 아래를 어슬렁어슬렁 지나더니 어두운 골목 모퉁이로 뛰어 들어갔다. 식당 앞 커다란 쓰레기봉투 옆 깨진 유리병은 너무 날카로워 보였다. 보도블록을 하나하나 자세히 보았다. 성한 것이 거의 없었다. 가운데에 죽 금이 간 것, 모서리가 바스러진 것, 구멍이 움푹 파인 것⋯⋯. 그러다 그 애의 왼쪽 발 아래 있던 붉은 보도블록 틈에서 푸른 이끼 같은 것이 멍처럼 흉터처럼 번져 있는 것을 발견했다. 순간 그 애를 나직이 부르고 싶었다. 이름을 부르고 네 발 아래에 있는 푸른 이끼를 좀 보라고 말하고 싶었다. 그러다 문득 그 애의 이름을 모른다는 사실을 깨달았다. 그 애도 내 이름을 모를 것이다. 한 번도 내 이름을 부른 적이 없는 걸 보면 알 수 있었다. 나는 이름을 묻지 않았다. 그 애를 알기 위해 필요한 말은 이미 거의 다 써 버린 것 같았다. 나는 아무것도 말하지 않았지만 그 애도 지금 나와 같은 것을 보고 있다는 것만은 뚜렷이 느낄 수 있었다. 내 손 안의 호빵이 따뜻하다는 걸 느낄 수 있는 것처럼 그냥 느낄 수 있었다.

나는 어깨가 흔들리지 않게 조심하며 오래도록 이끼에 눈을 두었다. 그리고 그 애가 내게 했던 말을 처음부터 되짚어 보았다.

미아

수능 이후, 밤은 더 길어졌다. 침대에 등을 붙이고 있으면 이런
저런 생각이 밤거리의 자동차 불빛들처럼 무심히 지나갔다. 그러
다 얼굴들이 클로즈업되었다. 내 멋대로 선을 긋다가 지우지 않고
내버려 둔 자국이 그대로 남아 있는 얼굴들. 얼굴 하나에 이름 하
나씩. 나는 천천히 짝을 지어 나간다. 잠이 오지 않는다. TV 소리
가 들린다.

거실에 나가 보니 엄마가 소파에 모로 누운 채 잠들어 있다.
TV는 교육 채널에 맞추어져 있다. 입시 전략 특집 프로그램이 나
오고 있다. 나는 멍하니 서서 화면을 바라보다가 리모컨을 찾아
TV를 끄고는 엄마에게 담요를 덮어 주었다.

방으로 돌아와 불을 끄고 침대에 걸터앉았다. 베개 근처에 놓아 둔 스마트폰을 들어 화면을 톡톡 두드려 본다. 수능 전날 몇몇 아이들이 날린 단체문자를 마지막으로 문자함은 겨울잠을 자고 있다. 통화 목록엔 오래전부터 엄마 번호밖엔 안 찍혀 있다. 시간대가 일정하다. 학원 끝나는 시간에 맞춰 꼬박꼬박 전화가 걸려 왔다. 전화번호부를 열어 이름들을 훑어 내려간다. 그중 입에 익지 않은 이름 하나. B……. 불러 본 적 없는 이름.

B에게 연락이 오리라곤 기대하지 않는다. 도서부에 들어갔을 때 B는 계산대 앞에서 자신이 치러야 할 물건 값을 알려 달라는 손님 같은 말투로 내 연락처를 물어보았다. 나는 지폐를 받듯 B의 전화번호를 받아 저장해 두고 영수증과 거스름돈을 내밀듯 내 전화번호를 가르쳐 주었을 뿐이었다. B는 왜 연락할 것도 아니면서 나와 전화번호를 교환한 걸까. 혹시 친해질지 모르니까 그런 걸까. 하지만 B는 내가 어떤 사람인지 파악하려 한 적이 없었다. B가 내 쪽을 향해 돌아섰던 건 전화번호를 교환하는 십 초 남짓한 시간 동안이 고작이었다. B는 단지 '아무나 필요할 때'를 대비해 두고 싶었던 게 아니었을까. '아무나 필요한 순간'이 아직 B에게 한 번도 안 왔으리라고는 상상하기 어렵다. '아무나들'이 남아돌아서 아직 나한테까지 차례가 안 돌아온 거라는 쪽이 훨씬 설득력이 있다. 나는 '아무나들' 중에서도 순위가 밀린 거다.

생각해 보면 이상한 일이다. 내게도 중요한 걸 나누었던 사람이 분명히 있었던 것 같은데 그 사람은 기억도 나지 않고 어느 방향을 되밟아 가면 찾을 수 있다는 힌트도 남아 있지 않다. 그리고 엉뚱하게도 B를 풀어낼 힌트는 이렇게 뚜렷이 몇 자리 숫자로 새겨져 있다. 아주 잠깐의 통화만으로도 나는 B에 대해서 조금 더 알게 될 것이다. 나는 B를 알고 싶은가? 모르겠다. 그렇지만 누군가 나를 알고 싶어 한다면 기분이 좋을 것이다. 그 누군가가 B여도 상관없는 정도. 나에게 B라는 존재는 그 정도. B에게 지금 전화가 온다면 나는 받을 것이다.

통화 단추를 누른다. 놀라서 얼른 종료를 톡 누른다. 목 언저리가 화끈거린다. 내가 왜 이러지. 할 말도 없으면서……. 난 B가 궁금한 것도 아니잖아. 자꾸 신경 쓰이는데 삭제해 버릴까. B와 전화번호를 교환하던 장면이 다시 떠오른다. 그 장면엔 B만 있는 게 아니다. 도서부에서의 첫날, 어수선했던 공기와 책꽂이 앞을 서성대던 아이들과 창문으로 들어오던 황갈색 빛과 뭔가 조금은 들뜬 나……. B의 전화번호는 그 시간의 기억을 여는 암호 코드 같은 것일지도 모른다. 나는 이불자락을 당겨 스마트폰 액정을 한번 쓱 닦고는 스마트폰을 베개 옆에 다시 내려놓았다. 침대에 누워 눈을 감는다. 그래, 지우지 않길 잘했어. 혹시 모르니까…….

그래도 나 M이랑은 꽤 친하지 않았나. 나는 다시 눈을 뜨고 옆으로 돌아눕는다. 어둠 속에서 스마트폰은 시커먼 구멍처럼 보인다. M은 지금 깨어 있을 것이다. M에게 생일선물로 받은 다이어리는 빨간색이다. 빨간색을 떠올리고 싶었는데 회색이 떠오른다. 스탠드를 켤까. 눈이 부실 텐데. 빨간색이 아니라 회색이었는지도 모른다. 색 따위는 중요하지 않다고 생각한다. 다이어리를 받은 날부터 색펜으로 내일 공부 목표를 적어 나갔다. 칸을 꽉 채우기 전에는 안심이 되지 않았다. 수능 전날 저녁엔 시험 사이 쉬는 시간에 할 일을 적었다. M이 준 다이어리라는 사실은 내내 잊고 있었다. M에게 받는 순간 잊어버린 것 같다. 다이어리는 지금 내 책상 서랍에 있을 것이다. M에게 문자를 보내 볼까? 그냥 가볍게. '뭐 해?' 하고. M은 지금 깨어 있을 것이다. 하지만 어떤 모습으로 깨어 있을지 짐작이 가지 않는다. 왠지 모르지만 M이 구토하고 있을 거라고 생각한다. M은 내 앞에서 헛구역질조차 한 적이 없다. 그런데도 내가 지금 떠올릴 수 있는 건 M의 구토하는 모습뿐.

지난 일 년 동안 M은 수능 시험을 치르고 나면 무엇을 할지에 대해서만 이야기했다. 밀린 만화 죄다 읽을 거야, 세팅 파마를 할 거야, 킬힐 신고 홍대 앞에 놀러 갈 거야, 귀도 뚫을 거야. 또랑또랑 말해 놓고는 까르륵 웃던 M. 나는 M이 다른 화제를 꺼내는 것을 본 적이 없다. 돌이켜 보니 정말 그렇다. 그때는 그게 이상한 줄 몰랐는데……. 수능 다음 날도, 그다음 날도…… 지금까지도

M은 아직 만화를 읽지 않았고 파마를 하지 않았고 킬힐을 사지도 홍대 앞에 가지도 않았으며 귀도 뚫지 않았다. 수능만 끝나면, 수능만 끝나면, 그러다 진짜로 수능이 끝나 버리자 M은 할 말이 없어져 버린 것 같았다. 내가 말을 걸면 웃기는 했지만 소리를 내지는 않았다. M은 지금 구토하고 있다. 무얼 토해 내고 있는 걸까. 갑자기 M의 구토물이 선명한 붉은색으로 보인다. 나는 벌떡 일어나 스탠드를 켰다.

눈이 부시다. 그래도 고집스럽게 눈을 뜨고 있는다. 시야가 먹먹한 동안 M에게 안부 문자라도 보내야 하는 것 아닐까 생각하다가 시야가 돌아오고 나서는 생각이 바뀌었다. M은 지금 자고 있을 것이다. 책상 옆에 쭈그려 앉은 책가방이 한심한 눈초리로 나를 올려다보는 듯하다. 나는 저 책가방을 집에 돌아오자마자 벗어두고는 한 번도 건드리지 않았다. 가방에는 든 게 없다. 요즘 학교에서는 수업을 하지 않고 영화를 틀어 준다. Y가 생각난다.

별로 슬프지 않은 장면인데도 교실 뒤쪽에서 훌쩍거리는 소리가 들려서 돌아보면 Y였다. 커트 머리가 잘 어울렸는데……. 수능 본 다음부터 머리를 자르지 않고 있다. 전에는 Y를 상대할 일이 있을 때마다 커트 머리 아래로 드러나는 그 애의 두 귀를 보곤 했다. 예민한 느낌으로 구겨진 모양이 좋아서였다. 하지만 이제는 귀 윗부분이 머리카락으로 덮여 있다. 헤어스타일만 변한 건 아닌 것 같았다. Y는 교실에 코트나 우산, 보조 가방 따위를 빼놓고 하교하다가 헐레벌떡 다시 찾으러 오는 일이 잦아졌다. 며칠 전, 담임 선생은 정신을 빼놓고 사니까 물건을 빼놓고 다니게 되는 거라며 핀잔을 주었다. Y는 뭔가 할 말이 있는 사람처럼 담임 선생을 바라보다가 물건을 챙겨서는 교실을 나가 버렸다. 그때 Y는 무슨 말이 하고 싶었던 걸까.

나는 스마트폰을 쥐고 방 안을 버정댔다. 전화번호부에는 Y가 없다. 전화번호부를 열어 보지 않아도 안다. 그래도 메일함을 뒤지면 뭔가 나올지 모른다. 책상 의자에 앉는다. 스마트폰으로 내 이메일 계정에 접속하는 동안 가슴은 조마조마하다. 어쩌려고 이러지? Y의 메일 주소를 찾게 되면 그다음엔 어쩌려고?

짐작대로 Y에게 받은 메일이 아직 보관함에 남아 있다. 메일을 펼쳐 본다.

✉ **안녕?**

아까 쉬는 시간에 주소록 만들어 돌린 애, 기억나니? 그게 바로 나야. Y. 흠흠. 오늘은 우리가 만난 첫날이지. 그리고 우리가 고삼 님이 된 첫날이기도 하고. 어땠니. 피곤했니? 나는 뭐…… 할 만하겠구나 싶더라. 선생들이 나랑 잘 맞을지가 제일 걱정이었는데 대체로 친절해 보여서 안심했어. 첫날부터 공부하라고 공포 분위기 조성하면 비뚤어질 작정이었거든.

하하.

너흰 첫 수업시간에 뭐 했니? 아, 이거 좀 우스운 질문인가? 고삼 님이 공부 말고 할 게 뭐 있다고. 그래. 물론 공부했겠지. 실은 나도 그러려고 했어. 그런데 있지. 정신을 차리고 보니 내가 우리 반 아이들 머릿수를 세고 있는 거야. 흐이구. 내 오래된 버릇이라 어쩔 수가 없더라고. 나는 어려서부터 키가 커서 늘 교실 뒷자리에 앉았거든? 애들 뒤통수 보면서 앞모습이 어떻게 생겼을까 상상하다가 아이들 머릿수를 세는 걸로 끝을 내곤 했어. 그걸 오늘도 기어이 한 거야. 남다른 각오로 임해야 할 고삼 첫 시간에. 나 참 한심하지.

하여간 머릿수를 다 센 다음에 내가 뭘 했는 줄 알아? 연습장을 한 장 찢어서 아이들 수만큼 빈칸을 그렸어. 그리고 뒷장에는 '빈칸이 다 채워지면 Y에게'라고 적었어. 그러고는 쉬는 시간이 오길 기다렸다가 세상에서 가장 무뚝뚝한 얼굴로 아무 아이에게나 다가가서 그 종이를 넘겨 버리고는 기다렸지. 기다리는 동안 당연하게도 나는 빈칸에 뭐가 채워져서 돌아올까 궁금해했지. 빈칸이 텅텅 빈 채로 다시 돌아오면 어쩌나 걱정스럽기도 했고. 그런데 말야. 몇 시간쯤 뒤에 내 손에 돌아온 그 종이에는 신기하게도 빈칸이 모두 채워져 있었어. 이메일 주소로! 덕분에 지금 나는 너희에게 이메일을 쓰고 있지. 헤헤. 누구였는지 처음 그 빈칸을 받고 고민하다가 메일 주소를 적었나 봐. 그래서 그다음 아이도 메일 주소를 적는 건가 보다 했겠지. 그래서 메일 주소록이 만들어져 내 손으로 돌아온 걸 거야.

근데 말이야, 그 빈칸에 처음 메일 주소를 적은 아이 말이야, 그 애는 왜 빈칸에 메일 주소를 적었던 걸까? 너희 중에 그 애가 있을 테니까 물어볼 게.

아무개야! (아무개라니, 어감이 좀 이상하지? 나도 알아. 이건 책에서 본 건데 이름을 모르는 사람을 부를 때 이렇게 부르더라고.) 하여간 아무개야. 너 혹시 메일함이 텅 비어 있는 것을 볼 때마다 외롭고 힘드니? 교실에서 아무도 네게 말을 걸어 주지 않을 때, 쿨한 척하지만 속마음 어딘가에서는 좌절 자세로 쓰러져 우는 거니? 네가 만일 그런 아이라면 내가 보내는 이 편지를 받고 조금은 기운을 냈으면 좋겠다.

이건 내가 터득한 건데 말야. 아주 오랜 시간이 걸려 어렵게 어렵게 터득한 건데 말야. 그래도 너와 나는 앞으로 훤한 고생길 아닌 고삼길을 함께 걸을 동무니까…… 너에게만 알려 줄게. 그게 뭐냐면 말야. 우울해지려는 순간 얼른 '편지쓰기'를 클릭하거나 잽싸게 '통화' 버튼을 누르거나 재빨리 옆에 있는 친구 이름을 부르는 거야. 클릭해 놓고는, 버튼을 눌러 놓고는, 혹은 이름을 불러 놓고는, 아무 이야기나 떠들어 보는 거야.

이거 있지, 은근히 효과 좋다? 자꾸 하다 보면 자연스러워지고 어느 순간엔 너에게 먼저 다가오는 걸로 보답하는 애도 생길걸?

으악! 벌써 시간이 이렇게 되었네. 자야겠어. 내일 학교에서 졸지 않으려면. 난 잠이 많아서 걱정이야. 사당오락이라는 말 들어봤어? 그거 근거 있는 통계치일까? 여섯 시간 푹 자고도 좋은 대학 간 언니나 오빠 둔 사람

혹시 없니? 있다면 꼭 나에게 알려 줘. 희망을 갖게!

좋은 꿈 꿔.

너의 Y가.

Y는 아이들에게 편지 잘 읽었다는 인사를 받을 때마다 입을 가리고 웃었다. 말을 약간 더듬는 것 같았지만 심하지는 않았다. 편지를 받고 그린 모습과 살짝 달랐지만 그래서 왠지 더 믿음이 갔다. 노력하는 아이구나 싶어서.

학기 초엔 Y와 편지를 주고받는 아이들이 제법 있는 눈치였다. Y처럼 귀 둘레를 시원하게 파낸 커트 머리를 시도한 아이도 있었다. 하지만 그 아이는 Y만큼 귀가 예쁘지 않았던 걸로 기억한다. 그래도 Y는 그 아이에게 예쁘다고 말해 주고는 입을 가리고 웃었다. 어쩌면 그 아이가 아니었을까. 가장 먼저 Y의 빈칸에 메일 주소를 적었던 아이 말이다. 이것은 그때 한 생각이 아니라 방금 Y의 편지를 다시 읽고서 든 생각이다. 그때는 Y의 편지를 꼼꼼히 읽을 여유가 없었다. 미안하게도 답장 같은 것을 쓸 엄두를 나는 내지 못했다. 언제부터인지 모를 언제부터 Y 주변의 아이들도 그렇게 변해 갔을 것이다. 어째서 보낸 만큼 답장이 돌아오지 않는지 신경이 쓰이다가 빈 메일함을 보아야 하는 날이 많아지고 그러다 서서히 포기하게 된 걸까. 아냐, Y는 수능을 볼 때까지만 해도 꼿꼿한 모습이었다. 어쩌면 Y는 수능이 끝났는데도 여전히 비어 있는 편지함을 보아야 하는 현실이 더 비참했을지도 모르겠다. Y의 두 귀는 예술품처럼 예뻤는데.

답장을 써 볼까. 편지를 받은 날짜를 확인한다. 3월 2일. 탁상 달력을 들어 달력 종이를 앞으로 몇 장 넘겨 보다가 그만두었다. 너무 늦었어.

윗집 화장실에서 구토하는 소리가 들린다. 시계를 보니 새벽 두 시다. 윗집 아저씨가 또 술을 드셨나. 다시 떠오르고 마는 M. M은 아직도 구토를 하고 있을까. 아니. 자고 있어. 자고 있대두. 구토라니. 왜 어이없는 생각이 떠올라서는 떠나지를 않는 거야. 이런 걸 뭐라고 하더라…… 몰라.

Y에게 물어볼까. 편지 보니까 책을 많이 읽은 아이인 것 같던데. 그런데 뭐라고 물어보지? 구토하는 M 이야기도 해야 하나. 나를 이상하게 생각하지 않을까. 미친 애라고 생각할지도…… 망상에 빠진…… 아, 망상! 떠올라 버렸으니 물어볼 필요도 없어졌네. 잘됐어.

M이 걱정되긴 하는 거야? 나도 참 너무하네. 그냥 M에게 전화해!

스마트폰이 다리미처럼 뜨끈뜨끈해졌다. 인터넷 접속을 끊고 책상 위에 내려놓았다. 그러고는 의자에서 일어나 뒷걸음질을 쳤

38

다. M은 자고 있어. 어쩌면 자면서 구토하는 중인지도……. M이라면 그럴 수 있을지도……. M은 모순적인 이야기도 곧잘 했으니까. 하루는 '나 수능 끝나면 채식해 보려고. 채식이 몸에 좋대.' 했다가 며칠 뒤에는 '우리 수능 끝나면 왕십리 가서 곱창 먹어 보자.' 했으니까. 채식하면서 곱창 먹을 수 있는 애니까 자면서 구토하는 건 일도 아니겠지.

윗집에서 말소리가 들린다. 아줌마가 아저씨에게 퍼붓고 있구나. 지겨워. 난 결혼 안 할래.

갑자기 방문이 열리고 문틈으로 푸석한 엄마 얼굴이 보였다.

"아직 안 자고 뭐 해?"

마른 수세미처럼 깔깔한 목소리. 나도 엄마 나이가 되면 목소리가 저렇게 변할까.

"그냥, 엄마 윗집 시끄러워서 깼구나?"

말을 해 놓고는 부르르 떨었다. 내 목소리가 시끄럽게 들렸다.

"빨리 자라."

방문이 닫히고 엄마가 안방으로 들어가는 소리가 들린다. 나는 부엌에 나가 찬물을 잔에 가득 따라서 마시다가 식탁에 내려놓고 안방 문을 살그머니 열었다. 이번엔 볼륨을 낮춰 소리내 본다.

"엄마, 엄마는 고등학교 때 친구들 아직 만나나?"

엄마가 이불 속에서 몸을 뒤치며 말했다

"왜?"

"그냥 궁금해졌어."

"왜 그냥 궁금해졌는데?"

"그냥에 이유가 어딨어? 그냥이니까 그냥이지."

"으음……."

한참 동안 아무 소리도 안 나서 이렇게 물어봐야 했다.

"엄마 자?"

"음, 아니, 뭐라고 물어봤지?"

"고등학교 때 친구들 아직 만나냐고."

엄마가 한숨처럼 말했다.

"그걸 지금 꼭 들어야 해?"

짜증이 치밀었다. 어른들이 나중으로 대답을 미루는 건 나중에 대답해 주려고 미루는 게 아니라 내가 질문을 까먹기를 바라고 미루는 거다.

"어휴, 엄만 딸이 물어보는데 좀 순순히 대답해 주면 안 돼?"

"너 요즘 이상해. 잠도 안 자고. 맨날 새벽에 깨워서는 쓸데없는 것만 물어보잖아."

"중요한 거거든! 됐어. 대답할 맘 없음 관둬."

나는 안방 문을 세게 닫고 내 방 쪽으로 쿵쿵 걸어갔다. 안방에서 엄마가 뭐라고 하는 것 같았다. 나는 다시 안방 문을 열고 물었다.

"뭐라고?"

"너 유치하다고."

"엄마가 날 유치해지게 만들거든."

"됐고, 두어 명 있다. 고등학교 때 친구."

"두어 명? 그게 정확히 몇 명이야?"

"춥네. 너도 전기장판 틀고 자."

엄마가 이불을 끌어안자 부스럭거리는 소리가 났다. 엄마 태도에 신경질이 나다가도 그런 소리를 들으면 마음이 가라앉는다. 오히려 잠을 방해한 게 미안해졌다.

"알았어. 엄마 잘 자."

나는 소리가 나지 않게 안방 문을 닫아 주고는 내 방으로 돌아왔다. 윗집이 잠잠해졌다. 나는 청각을 곤두세운다. 윗집은 확실히 잠잠하다. M도 지금쯤 구토를 멈추었을 거라고 생각한다.

스탠드 불빛이 무대 위 조명처럼 나를 비추고 있다. 나는 방 가운데에 우두커니 서 있다. 갑자기 나 자체가 어떤 기분이 되고 만다. 식은땀을 흘린다. 여섯 살이었나 일곱 살이었나. 동물원에서 호랑이를 유심히 보다가 어딘가 허전해져서 설핏 고개를 돌렸을 때 엄마가 없었다. 나는 어떤 기분에 압도되어 울지도 못하고 엄마가 다시 내 시야에 들어올 때까지 온전히 미아가 되어 식은땀을 쏟았다. 그때처럼 지금 식은땀을 흘린다. 내 방 한가운데에서 미아가 된 기분을 느끼다니. 엄마가 안방에서 자고 있다는 걸 상기해도 이런 기분이 드는 걸 막을 순 없다. 수능도 끝났는데…… 정해진 길을 끝까지 왔는데…….

'적막하다'는 단어가 떠올랐다. 알고는 있었지만 한 번도 쓰지 않았던 단어. 오늘은 아무 날도 아닌데 왜 이런 특별한 단어가 떠오른 걸까. 떠오른 걸로도 모자라 말해 보고 싶은 걸까. 나는 내 뒤로 길게 늘어난 그림자를 보며 작게 소리 내어 말해 보았다.

"적막하구나."

두어 명은 두 명 혹은 세 명을 뜻한다. 많지 않은 수. 세 명 중에 한 명은 친구라고 부르기엔 애매한 거다. 어쩌면 세 명 모두 조금씩 애매한 구석을 가지고 있어서 합치면 한 사람 분이 빠지는 걸지도 모른다.

B와 M과 Y는 두어 명이라고 부를 수도 없겠지. 이상하다. 내겐 굉장히 많은 사람이 있었던 것 같은데 왜 나는 지금 혼자인 거지? 혼자인 채로 그 사람들의 안부를 궁금해하고 있는 거지? 이건 슬픔보다는 당혹에 가깝다.

방문에서 똑똑 소리가 들렸다. 퍼뜩 정신이 돌아온다. 방문을 열자 엄마가 서 있다.

"엄마가 방금 노크했어?"

"그래. 귀신인 줄 알았냐."

"왜 안 하던 짓을 하고 그래?"

"엄마한테 짓이 뭐야. 말버릇하고는."

나는 입을 삐죽거리며 말했다.

"엄마 '주무시는' 거 아니었어?"

"누구 때문에 잠이 다 달아났네요."

엄마가 어정쩡하게 서 있는 나를 올려다보더니 말을 이었다.

"그새 더 큰 거 같다. 자야 큰다던데 잠도 안 자면서 언제 야금 야금 크나 몰라."

엄마는 나랑 장난이 치고 싶은 모양이었다. 하지만 나는 그럴 기분이 아니었다. 내 안에서 벌어지는 일들과 밖에서 일어나는 일들은 어쩜 이리도 어울리지 않는지 모르겠다. 나는 엄마가 놀라지 않게 말을 가린다.

"여기서 더 커져도 곤란한데. 그만 컸으면 좋겠다. 크는 것도 피곤해."

말을 해 놓고 엄마를 바라보며 아득하게 하고 싶은 말을 되뇌었다.

'엄마, 사람들은 나를 잃어버렸는데 잃어버린 줄을 몰라.'

엄마는 걸러진 말만 듣고 피식 웃었다. 엄마가 방을 나가며 말했다.

"S랑은 요새 잘 지내?"

S? 아⋯⋯! 그런 애도 있었지.

"갑자기 S는 왜?"

"아니, 그냥⋯⋯ 너 S랑 친하지 않았어?"

"전혀. 무슨 근거로 그렇게 생각한 거야?"

엄마는 놀랍다는 듯 내 얼굴을 들여다보며 잠깐 생각하는가 싶더니 말했다.

"너야말로 무슨 근거로 S랑 친하지 않다고 생각하는 거야?"

엄마는 세상에서 가장 한심한 딸을 둔 엄마 같은 표정을 지으며 "나 이제 진짜로 잘 거다." 하고는 안방으로 들어가 버렸다.

S는 그냥 같은 학원에 다니는 애였는데⋯⋯. S는 내게 자기 노트를 빌려 주기도 싫어했었는데. 엄만 왜 S 얘기를 꺼낸 거지? 내가 불쑥 친구에 대해서 물어본 게 신경이 쓰였나 보구나. 그래서 엄마가 아는 내 친구 이름이 뭐가 있나 떠올려 보다가 S가 떠올랐던 거구나. 엄마가 학원으로 데리러 왔을 때 내가 S 이야기를 한 적이 있었나 보다. 고개가 끄덕여진다.

그러고 보니 궁금해진다. S는 지금 뭐 하지? S를 본 지가 까마득하게 느껴졌다. 시험 엄청 잘 봤다는 소문이 있던데. S는 그렇게 모든 아이들에게 '질투 어린 소문'으로만 남겨지게 될까.

S의 얼굴빛이 밝은 편이었는지 어두운 편이었는지 손이 컸는지

작았는지 나를 부를 때 이름을 불렀는지 아니면 성까지 붙여서 불렀는지 기억이 없다. 한 사람이 다른 사람에게 아무런 인상도 남기지 못한다는 건 슬픈 거구나.

S는 노트를 빌려 주지 않았다. 노트에 낙서를 많이 해서 보여 주기 부끄럽다는 것이 이유였다. 나는 노트를 빌려 주기 싫어서 거짓말을 한다고 생각하고는 S를 볼 때마다 속으로 '얌체'라고 욕했었다. 하지만 다시 생각해 보니 S는 정말 낙서가 부끄러웠던 것 같다. 낙서를 보여 주었다가 속마음을 들키기 싫었던 것 같다. 그래서 나는 어디에고 낙서를 잘 하지 않았지. 블로그 같은 곳에 자기 얘기를 흘리는 사람들을 이해할 수 없었지. S도 지금 나처럼 자기 방 한가운데에서 미아 같은 표정을 지으며 서 있지는 않을까. S에게 뭔가 말하고 싶다.

"적막하다. 그치?"

그러나 나는 S의 전화번호도 메일 주소도 모른다. 최소한의 실마리도 남기지 않은 S.

S는 사람들에게 힌트를 주었어야 했을까?

나는 책상에서 스마트폰을 집어 들었다. 뜨겁던 것이 미지근하게 식어 있었다.

나는 무언가에 쫓기듯 M의 전화번호를 찾아 통화 버튼을 눌렀다. 완전히 식어 버리기 전에 머리에 떠오른 모두 걸 해치워야 한

45

다고 생각했다.

"여보세요?"

M은 꽉 잠긴 목소리로 전화를 받았다. 나는 어떨 때 목이 잠기지? 자다 일어났을 때도 그러고 울다 그러기도 하고…….

나는 최대한 침착하게 물었다.

"뭐 해?"

"나? 자려고 누워 있었어."

"너 혹시 속이 안 좋거나 그런 건 아니지?"

M은 한동안 잠잠하다가 갑자기 웃음을 터뜨렸다. 목이 잠겨서 웃음 사이에 끅끅 소리가 났다. 그 소리가 내 귀엔 꼭 구토하는 소리처럼 들렸다.

"설마 너 토하고 있는 건 아니지?"

M은 더욱 크게 끅끅거렸다. 그 사이 사이로 이런 말을 했다.

"미안……. 근데…… 끅! 너무 우스워서…… 다들 밤늦게 전화해서는…… 엉뚱한 소리들을 하네……. 정말 이상한 밤……. 끅 끅!"

나는 안심이 되는 한편으로 초조감이 더해져서 확인하듯 되물었다.

"야, 너 지금 웃고 있는 거 확실하지?"

M은 간신히 진정을 하고는 오늘 밤 걸려 온 전화들에 대해서

이야기하고는 전화를 끊기 전에 정돈된 목소리로 덧붙였다.

"고마워."

M은 지금 무사하다. 이건 추측도 아니고 짐작도 아니다. 내가 직접 확인한 사실이다. 나는 나 자신의 안부를 확인한 것처럼 편안해져서는 한숨을 크게 내쉬었다. 잘했어, 이대로 계속해서 밀어붙이자.

나는 곧바로 문자메시지를 작성했다.

B야. 나 L이야. 도서부 같이 했던. 기억나?
잠 안 와서 스마트폰 갖고 놀다 네 이름 발견하고
마음이 불편해졌어. 난 왜 한 번도 너에게 연락할
생각을 못했던 걸까. 이렇게 간단한 걸.

문자를 보내 놓고 후회가 밀려들었다. 내가 이런 문자를 받는다면 '그래서 뭐 어쩌란 말인가'라고 생각하지 않을까. 답장을 기대하기는 어렵겠다고 생각하고 있는데 B에게서 답장이 왔다.

문자 받고 솔직히 당황스러웠어.

그럴 만하다고 생각하며 고개를 끄덕이고 있는데 두 번째 문자가 왔다.

그래서 뭐라고 답장하나 막막해하며
벽에 기대어 앉았는데 잃어버린 줄 알았던
덧신 한 짝을 책상 뒤에서 발견!

미소를 지으며 '잘되었구나……' 중얼거리고 있는데 세 번째 문자가 왔다.

고맙다고 하면 되는 거였어.
답장 말이야. 네 덕분에 두 발 모두 따뜻해졌어.

나는 문자를 두 번 세 번 다시 읽으며 B가 고민하여 선택한 글자들을 곱씹었다. 만일 B가 먼저 문자를 불쑥 보냈다면 나는 어땠을까. 나는 이렇게 대꾸해 줄 수 있었을까. 자신이 없었다. 영원히 모를 뻔했던 B는 잃어버린 덧신 한 짝에도 마음을 쓰는 아이였다. 문자를 보내기 정말 잘했다는 생각이 들었다. 몸이 더워지면서 하고 싶은 말들이 차올랐다.
나는 Y에게 편지를 쓰기 시작했다.

✉ Y에게

네가 학기 초에 보내 준 편지 오늘에서야 제대로 읽었어. 고마워.

우리가 '고삼 님'으로 보낼 날도 이제 얼마 남지 않았네. 그래도 너에게 답장할 만큼의 시간은 남아 있어서 다행이다. (나는 편지 같은 걸 많이 안 써 봐서 어떻게 말을 이어 나가야 하는 건지 모르겠다. 날씨 얘기로 편지를 시작해야 했을까?)

나는 너에 대해서 아는 것이 별로 없지만 오늘 문득 네가 요즘 힘들지도 모르겠다는 생각이 들었어. 이럴 땐 정말로 내가 틀렸으면 좋겠지만 만약에 내 느낌이 맞다면 내가 보내는 이 편지가 네게 조금이나마 힘이 되길 바라.

너에게 '나는 이런 사람이야'라고 말해 주고 싶은데 나는 사실 나 자신에 대해서 확신할 수 있는 게 별로 없어. 나는 아주 활발하다가도 어느 순간 우뚝 내성적으로 돌변해 버리곤 해. 한없이 상냥하다가 차갑게 굴기도 하고. 그러다 또 언제 그랬냐는 듯 방실방실 웃고. 너도 그러니? 나는 지금 나 자신에게 깜짝 놀라고 있는 중이야. 내가 원래 이랬나, 이렇게 편지를 할 수도 있는 사람이었나 싶어서 말이지. 그러고 보니 조금 아까까지만 해도 난 역시 답장 같은 건 못 쓰지, 생각했는데 이렇게 쓰고 있네. 난 도대체 어떤 사람일까. 나 자신에 대한 판단은 머릿속에서 늘 오락가락해. 엄마 어깨를 주무를 땐 내가 너무너무 기특하다가도 지하철역에서 동전을 구걸하는 맹인이나 두 다리가 없는 장애인을 보고서 기분이 나빠지는 것도 모자

49

라 그 사람과 어깨라도 닿을까 봐 긴장을 하게 될 땐 내 자신이 너무 너무 추하게 느껴져.

나도 너에게 비법 같은 걸 가르쳐 주고 싶지만 사실 나는 힘이 들 때 어떻게 해야 할지 모르는 바보야. 마음에 태풍이 찾아오면 나는 무기력함을 느껴. 내가 할 수 있는 일이란 건 납작 엎드려서 태풍이 지나갈 때까지 훌쩍훌쩍 우는 게 고작이지. 방금 전에도 고비가 있었어. 그런데 오늘 밤은 뭔가 달라. 봐. 내가 이렇게 속마음을 빨랫줄에다가 널고 있잖아. 내일 바람이 불지 비가 올지 전혀 알지 못하면서. 나 이러는 거 처음이거든. 아무래도 내일 해가 서쪽에서 뜨려나 봐.

해가 서쪽에서 뜬다면 우리 그림자도 늘 향하던 방향과는 다른 쪽을 향하게 되겠지. 그렇게 우리 둘레를 엉금엉금 움직이는 그림자를 관찰하다가 우린 깨닫게 되지 않을까. 길을 얼마 걷지도 않았는데 우리 발이 바닥에 딱 달라붙어 버린 건 다리가 무거워져서가 아니라 우리가 어느 순간 우리 그림자를 보느라 걸음을 멈춰 버렸기 때문이라는 것을.

우리 다시 길을 걸을 수 있게 힘을 내 보면 어떨까. 그림자는 그만 보고 고개를 들어 서로를 발견해 보면 어떨까. 손 잡고 서로 응원해 주면 어떨까.

답장 기다릴게.

너의 L이.

쏟아지는 대로 받아 적고는 마음이 변할까 봐 다시 읽어 보지 않고 전송 단추를 눌렀다.

그제야 나는 한숨을 돌리고 침대에 다시 걸터앉을 수 있었다.

답장이 오는 데 시간이 오래 걸릴지도 모르겠다. 그래도 괜찮다고 생각한다. 나는 짙은 푸른색 창을 바라보며 "밤이 참 길구나." 하고 중얼대었다. 너무 나이 든 사람 같은 말투에 쑥스러워져 그만 웃음이 나왔다.

집을 찾아 들어가는 미아처럼 나는 이불 속으로 들어갔다. 잠이 밀려온다. 그러나 눈을 감지 못한다.

S를 생각한다.

승화

12월 30일. 체감온도 영하 13도. 숨을 내쉬면 숨 속의 수분이 작고 하얀 결정들로 변해 눈에 보이는 날이다. 열아홉 해를 채운 내 인생에서 내가 가장 성숙해 보이는 날이기도 하다.

오늘의 첫 손님을 기다리며 나는 아이스크림이 진열된 유리 상 자에 손을 넣었다. 솜사탕 맛 하늘색 아이스크림을 배경으로 손바 닥을 펼치고 있으니 찬 기운이 거미처럼 손가락 끝을 타고 손등까 지 기어 올라왔다. 독이 퍼지듯 조금씩 마비되는 느낌. 나쁘지 않 은 느낌이다.

여자 손님 둘이 들어왔다. 비슷한 스타일의 빨간 코트를 입고 있어서 그런지 언뜻 봐선 쌍둥이처럼 느껴졌다. 둘 중 한 사람만 진열장 앞으로 다가와 아이스크림을 주문했다. 다른 일행은 테이블에 앉아 팔짱을 끼고서 진저리를 쳤다.

"너도 참 대단하다. 오늘 같은 날 그걸 꼭 먹어야겠니? 난 보기만 해도 춥다, 야."

나는 종이 그릇에 아이스크림을 떠 주고 계산을 치러 주었다. 손님은 가죽장갑을 벗어 주머니에 꽂고는 맨손으로 아이스크림 그릇을 쥐고서 테이블로 가서 앉았다. 혹시나 해서 나는 숟가락을 두 개 챙겨 주었지만 역시나 하나는 쓰이지 않는다.

"맛있어?"

내내 팔짱을 끼고 창밖을 내다보며 춥다고 구시렁대던 쪽이 물었다. 아이스크림을 먹던 쪽이 한 숟갈 떠서 내밀자 상대는 목을 코트 깃 속에 파묻고 손사래를 친다. 그럴 줄 알았다는 듯 그녀는 내밀었던 숟가락을 거둬 입으로 가져가다가 말했다.

"이런 날 아이스크림을 먹으면 온몸이 네모난 얼음조각처럼 변해 버릴 것 같은 기분이 들어."

"왜 아니겠어. 추우면 그만 먹어."

"이런 기분 싫지 않아."

그녀는 아이스크림을 새로 한 입 물고서 녹을 때까지 기다렸다가 이어 말한다.

"얼음땡 놀이 기억나?"

"얼음땡? 기억나지 그럼. 근데 그건 갑자기 왜?"

"얼음땡 놀이할 때 나는 언제까지고 얼음인 상태로 있고 싶었어."

"그래? 난 빨리 누가 와서 땡 해 주길 기다렸는데. 딴 애들 다 신나게 뛰어다니는데 나만 가만히 서 있어야 하면 얼마나 안달 났다고. 아, 얼음 얘기하니까 더 춥다. 빨리 사무실 들어가자. 전기 난로 틀어 놓으면 좀 낫겠지. 다 먹었어?"

아이스크림 그릇은 보지도 않고 반쯤 일어나며 말하는 그녀의 일행. 언제까지고 얼음이고 싶었다던 그녀는 미처 다 먹지 못한 아이스크림 그릇을 들고 조용히 따라 일어났다. 문을 나서기 전 일행이 목도리를 다시 꼼꼼히 두르는 동안 그녀는 아이스크림 그릇을 쥔 자신의 맨손을 내려다보았다.

두 사람이 떠나고 나는 시간을 확인했다. 드라이아이스 배달 차가 들르기로 한 시간이 벌써 십오 분쯤 지나 있었다. 나는 다시 진열장 속으로 손을 집어넣었다. 초콜릿 아이스크림이 가득 담긴 통을 아래에 두고 손바닥을 펼치면 피부가 훨씬 창백해 보였다.

"얼음……."

나는 나직이 중얼거려 보고는 진열장 속의 손을 쥐었다 폈다 했다. 추위 때문에 뻣뻣해진 손가락에서 핏기가 노랗게 가시는 것을 나는 가만히 내려다보았다.

조금 뒤 가게 앞에 배달 트럭이 주차하는 것이 보였다. 나는 가게 문을 활짝 열어젖혀 고정시켜 두고 냉동고로 들어가 드라이아이스를 보관하는 상자를 꺼냈다. 상자는 몸을 웅크리면 안에 들어갈 수 있을 만한 크기였다. 상자 뚜껑을 열고 드라이아이스가 들어오길 기다리고 있는데 밖에서 부르는 소리가 들렸다. 나가 보니 배달원이 드라이아이스 박스를 이고 큰 눈으로 두리번거리고 있었다. 항상 오던 과묵한 아저씨가 아니었다. 똑같은 앞치마를 입고 있지만 아저씨는 한쪽 어깨에 지던 것을 이 사람은 간신히 등에 올려놓고 버티고 있었다.

"거기 있었구나. 그 안에다 내려 주면 되지?"

그는 내가 우물쭈물하는 동안 다가와서는 다급한 소릴 냈다.

"좀 나와 봐. 나 지금 압사 당하기 일보 직전이거든."

'압사'라는 단어가 목덜미에 선뜩하게 들러붙는 기분이었다. 나는 한쪽으로 비켜서서 그가 지나갈 공간을 만들어 준 다음 냉동고로 따라 들어갔다. 박스 내려놓을 자리를 일러 주자 그는 무릎을 천천히 굽혀 박스 모서리부터 땅에 닿게 한 다음 박스를 얌전히 세워 놓았다. 그 모습을 보고 있으니 기분이 이상해졌다. 그는 바로 떠나지 않고 서서 내 나이를 물었다. 나는 박스를 뜯어 얼음용 삽으로 드라이아이스를 퍼 옮기며 열아홉이라고 했다. 내일모레면 스물이라는 말은 그냥 삼켰다.

"열아홉! 너도 좋은 시절은 다 보냈구나. 날 봐. 스무 살 되면 연애도 하고 멋도 부리고 책도 좀 읽고 진짜 공부다운 공부도 하게 될 줄 알았는데 이렇게 등록금 버느라 허리가 휠 줄 낸들 알았겠냐. 하여간 내가 어른이니까 앞으로 말 깐다. 불만 없지?"

진작부터 반말하고 있었으면서. 나는 피식 웃고는 맘대로 하세요, 했다.

대학 휴학생이라는 그는 이번 겨울에 바짝 돈을 벌어 봄에는 복학할 계획이랬다. 그러고는 엉뚱하게도 자기 앞치마에 그려진 눈 덮인 산봉우리가 히말라야 산일까 알프스 산일까 묻더니 대뜸 빌딩 청소를 해 봤냐고 자기는 해 봤다고 일당은 역시 노가다가 최고라고, 그렇게 두서없이 얘기를 늘어놓다가 골목 쪽에서 차를 빼 달라는 소리가 들리자 허둥지둥 달려 나갔다.

그가 나가며 가게 문을 닫는 소리가 들렸다. 이어서 트럭이 움직이는 소리도 들렸다. 나는 계속해서 드라이아이스를 보관용 상자에 옮겨 담으며 왜 이렇게 기분이 이상한지 모르겠다고 생각했다.

전에 배달하던 아저씬 늘 패대기치듯 박스를 내려놨는데. 저 사람은 다르네. 익숙해지면 저 사람도 아저씨처럼 아무렇게나 내려놓을까. 그러고 보니 저 사람은 제 손으로 문도 닫고 나갔어. 아저씬 항상 닫지 않고 가 버려서 꼭 내가 따라 나가서 문을 닫아야 했는데.

카운터에서 전화벨이 울렸다. 원래 전화는 모두 사장님이 받지만 이번 주엔 사장님이 휴가를 가고 없어서 내가 받아야 했다. 하지만 드라이아이스를 이대로 내버려 둔 채 전화를 받으러 갈 수도 없는 노릇이었다. 나는 서둘러 남은 드라이아이스를 상자에 쏟아 붓고 스티로폼 단열재로 위쪽에 남은 공간을 채운 다음 뚜껑을 닫았다. 틈이 벌어지지 않게 뚜껑을 무릎으로 꾹 누르며 고무줄로 상자를 감아 단단히 묶은 다음 단열재 성분이 들어간 천을 덧씌웠다. 그제야 안심하고 냉동고를 나올 수 있었다. 냉동고 문을 잠그는 동안 전화벨은 끊겨 버렸다.

혹시 다시 울릴지 모르는 전화벨을 기다리며 나는 냉동고 속의 드라이아이스를 생각했다. 밀봉을 잘 했는지 한 단계 빼먹은 건 아닌지 되짚어 보다가 왜 드라이아이스는 저렇게 여러 단계에 거쳐 밀봉을 해도 냉기가 새는 건지 궁금해졌다. 아무리 밀봉을 잘 해도 뚜껑을 열어 보면 여지없이 드라이아이스는 줄어 있었다. 빈.틈.없.이. 완.벽.하.게. 밀봉하는 건 정말 불가능한 일일까.

추위 탓인지 손님이 적었다. 가게를 정돈하고 나와서 문을 잠그고 있는데 안쪽에서 전화벨 소리가 들렸다. 얼른 뛰어 들어가서 받을까 하다가 문에 걸어 둔 마감 팻말을 보고 생각을 바꿨다.

집으로 걸어가며 드라이아이스 밀봉법을 다시금 궁리하다가 배달원이, 아니 정확히 말해 배달원이 입고 있던 앞치마가 떠올랐

다. 거기에 그려진 눈 덮인 산봉우리는 히말라야 산인가 알프스
산인가. 어쩌면 전혀 다른 어딘가에 있는 산일지도 모른다. 어디?
어디에 그렇게 꽁꽁 언 산이 또 있지? 생각하다 보니 나 역시 오
래전부터 그 앞치마를 보며 궁금히 여겨 왔던 것 같은 착각이 일
었다. 그래, 착각!

12월 31일. 체감온도 영하 14도. 어제보다 1도만큼 더 춥게 느
껴지는 아침. 어제보다 하루치만큼 더 성숙해야 하는 아침. 내 십
대 시절의 마지막 아침.

가게 문 앞에 웬 여자애가 가방을 깔고 앉아서 와들와들 떨고
있었다. 손님인가? 가게 문을 열기 위해 열쇠를 만지작거리며 다
가가자 그 애가 나를 보고 눈꽃처럼 환하게 웃었다.

"안녕, 네가 수이 맞지?"

우리 학교 앤가? 모르는 얼굴인데……. 나는 어정쩡한 표정을
지으며 긴장한 목소리로 말했다.

"그런데 누구……?"

"민혜!"

민혜?

"내 이름 말이야. 내 이름이 민혜라고. 이모한테 얘기 들었지?"

이모? 어리둥절한 내 기분은 아랑곳 않고 그 애는 자기 입에서

나오는 뽀얀 입김을 보더니 까르륵 웃었다.

"너 오기 기다리다가 심심해서 내 입김을 구경했거든. 이거 너무 예쁜 거 같지 않니? 내 입에서 나온 것이라고는 믿어지지 않을 만큼 정말 예뻐. 처음 보는 것도 아닌데 왜 전에는 이게 예쁘다는 생각을 못 했나 몰라."

그 애는 수다스럽게 떠들던 것을 뚝 그치고 풍선껌을 불듯 숨을 불어 둥근 입김을 만들었다. 깔끔한 옷차림에 예쁘장한 생김이었지만 어딘가 이상한 애였다.

무시하고 열쇠로 가게 문을 열려고 하자 그 애가 내 뒤에 바짝 붙어 섰다. 가게 안으로 따라 들어오는 것만은 막고 싶었지만 손님을 내쫓을 수도 없었다. 나는 내 입김을 보며 빌었다. 제발 얌전히 아이스크림만 먹고 가 줘.

조명을 켜고 목도리를 풀며 카운터로 들어가려는데 그 애가 졸졸 쫓아오며 말했다.

"오늘 아침에 설레서 너무 일찍 일어났지 뭐야. 평소 같았으면 다시 잤을 텐데 처음 오는 곳이니까 길을 헤맬 수도 있잖아. 난 원래 좀 길치거든. 그래서 다시 안 자고 일찍 나와 버렸어. 그런데 이게 웬걸. 오늘따라 한 번도 안 헤매고 너무 잘 찾아지는 거 있지. 그냥 원래부터 알던 장소를 찾아오는 것처럼 쉬웠어. 신기한 경험이었어. 그 덕분에 한 시간씩이나 기다렸지만 ……."

가게 문을 열자마자 피곤해진 건 아르바이트 역사상 오늘이 처음이었다. 때마침 전화벨이 울렸다. 나는 그 애가 계속 지껄이도록 내버려 두고 카운터로 가서 전화를 받았다. 그 애가 카운터까지 따라 들어온 걸 알고 비명이라도 지르고 싶었지만 전화 때문에 그럴 수가 없었다. 사장님 전화였다.

"오늘 우리 조카애가 가게에 갈 거야. 민혜라고……. 엊그젠가 애가 전화해서는 막무가내로 일해 보고 싶다고 조르는 통에 어쩔 수 없이 허락하긴 했는데 영 마음이 안 놓여서 말이야……. 귀찮겠지만 나 돌아갈 때까지만 부탁할게. 조금만 방심하면 사고치는 애니까 수이 학생이 정신 바짝 차리고 옆에 붙어 있으면서 이것저것 가르쳐 줘야 할 거야."

전화를 끊자마자 민혜가 내 앞으로 고개를 쑥 들이밀었다.

"우리 이모지?"

"으응."

"뭐래?"

"그냥…… 너 잘 부탁한다고……."

내가 난처해하며 말을 가리는 동안 민혜는 듣는 둥 마는 둥하며 계산기 단추를 이것저것 눌러 보았다.

"아, 그건 건드리지 마. 계산 기록이 다 날아갈 수도……."

"정말? 어떡하지? 벌써 눌러 버렸는데."

"아……! 하는 수 없지. 내가 처리할게."

민혜가 진열장 안으로 고개를 집어넣고 아이스크림을 구경했다. 나는 계산기 매뉴얼을 펼쳐 기록을 복구할 수 있는지 뒤적이면서 한쪽 눈으론 민혜 쪽을 살폈다. 길고 가느다란 선의 모둠 같은 머리카락이 아이스크림 통 위에서 치렁댔다. 저러면 아이스크림에 머리카락이 떨어질 텐데. 머리에 쓰는 망을 어디서 봤더라. 이쪽 서랍에서였나. 매뉴얼 보기를 그만두고 서랍을 뒤지며 나는 만난 지 몇 분 지나지도 않은 이 애한테 벌써 질리고 있었다.

"수이 넌 진작에 수시 합격했다며? 좋겠다. 난 대기번호 28번 받아 놨어. 헤헤."

민혜가 유니폼 입는 것을 도와주는 내내 머릿속이 복잡했다. 얘는 왜 옷 하나 혼자서 못 입는 거지?

"근데, 왜 이렇게 손님이 안 와?"

민혜가 아이스크림을 포장하는 선반에 기대어서 말했다. 민혜의 손가락이 거슬렸다. 민혜는 포장용 리본을 풀어 손가락에 둘둘 감고 있었다. 나는 아무 대꾸도 하지 않고 진열장 안쪽에 낀 성에를 행주질했다.

"그걸 꼭 닦아 내야 해?"

"……."

"아깝다. 예쁜데."

내가 냉동고에 들어가자 민혜도 따라 들어와서는 팔을 휘저으며 뛰어다녔다. 나는 민혜가 하는 일에 상관하지 않기로 마음먹고 아이스크림 통을 밖으로 옮겼다. 그러다 갑자기 달려든 민혜와 부딪혀서 하마터면 통을 떨어뜨릴 뻔했다.

"정신 사나우니까 좀 비켜 줄래?"

소름이 돋을 만큼 냉랭한 내 목소리. 하지만 이 순간만큼은 다른 식으로 소리를 내는 법이 떠오르지 않는다. 민혜가 내 얼굴을 살멋살멋 보더니 도와주겠다며 아이스크림 통 하나를 진열장으로 날랐다. 그러고는 통을 내려놓자마자 손을 털며 "아으, 손가락이야." 했다. 민혜가 두 개를 나르는 동안 내가 나머지 여덟 개를 날랐다.

내가 테이블을 걸레질하고 쓰레기통에 비닐을 씌우는 동안 민혜는 진열장 너머로 목을 쭉 빼고 지켜보다가 이렇게만 말했다.

"빨리 손님 왔으면 좋겠다."

나는 손님 맞을 준비를 마치고 마지막으로 스쿱을 소독 용액에 담그고 기다렸다. 민혜가 내 옆에서 코를 틀어쥐고 말했다.

"지독하다. 소독약 냄새."

"익숙해져야 할 거야."

퉁명스러운 내 목소리. 내가 들어도 밉다.

"매일 이렇게 소독해야 돼?"

나도 모르게 한숨이 나온다.

"넌 어제 밥 먹고 안 씻은 숟가락 오늘 또 입에 넣을 수 있어?"

스쿱을 소독 용액에서 꺼내 물에 헹구는 동안 민혜는 잠자코 지켜보았다. 나는 스쿱을 닦아 진열장 옆에 꽂아 두고 손에 남은 물기를 손수건으로 닦아 냈다. 민혜가 너무 조용한 게 신경 쓰였다.

"이제 손님이 올 때까지 기다리는 일만 남았어."

"그래?"

민혜가 내 옆으로 다가왔다.

나는 진열장 속에 손을 넣고 커피맛 아이스크림을 배경으로 손바닥을 펼쳤다. 민혜가 그걸 보더니 따라했다. 민혜는 녹차맛 아이스크림을 배경으로 삼았다.

"이렇게 하고 뭘 보는 거야?"

민혜가 물었다.

"아무것도……."

민혜는 진열장에서 금방 손을 빼 버리고는 말했다.

"문 연 지 두 시간이 다 되어 가는데 아직도 손님이 안 오네. 손님이 아예 없는 날도 있어?"

진열장 속 손등을 바라보며 기억을 더듬어 보았다. 오전 내내 손님이 없는 날은 종종 있었지만 하루 종일 손님이 안 오는 날은 없었던 것 같았다. 나는 진열장에서 손을 빼내고는 민혜의 옆얼굴을 보았다. 방금 내가 머릿속으로 생각한 내용들을 민혜에게 설명해 주었는지 갑자기 기억이 나질 않았다. 민혜의 표정은 애매했다. 대답을 듣고 난 표정인지 대답을 기다리는 표정인지. 그러다 이 애는 자기 질문에 아무 대답이 돌아오지 않았는데도 가만히 있을 타입이 아닐 거라는 데 생각이 미쳤다. 그러니 아마도 난 뭔가 대답이 될 만한 이야기를 했을 것이다.

조금 뒤 민혜가 카운터 근처를 서성이다가 물었다.

"넌 어렸을 때 어떤 애였어?"

나는 뭐라고 대답할까 고민하다가 되물었다.

"왜 그런 걸 물어?"

"그냥…… 잘 상상이 가지 않아서."

"왜? 난 태어날 때부터 지금 모습이었을 것 같니?"

"아냐, 그런 뜻이 아니라…… 네가 많이 어른스러워서. 그래서 한 말이야. 별 뜻은 없었어."

"……."

나는 선반에 놓인 물건들을 조금씩 건드려 줄을 나란히 맞추다가 말했다.

"얼음땡 놀이 기억나?"

"얼음땡? 기억나지 그럼. 근데 그건 갑자기 왜?"

"어떤 사람은 얼음땡 놀이 할 때 언제까지고 얼음인 상태로 있고 싶었대."

"그래? 왜?"

민혜가 고개를 갸우뚱거리며 물었다.

"나도 모르……."

"어, 손님 왔다!"

민혜가 펄쩍 뛰며 말했다.

빨간 코트를 입은 여자. 오늘은 혼자였다. 가게 유리문을 밀며 들어오고 있었다. 가슴이 두근거렸다. 하필 자기 이야기를 할 때 나타나다니.

"어서 오세요. 손님이 오시길 얼마나 기다렸는지 몰라요. 헤헤."

민혜가 얼굴을 붉히며 말했다. 지나치게 큰 목소리. 여자는 별다른 반응을 보이지 않고 조용히 가죽 장갑을 벗어 주머니에 꽂고는 아이스크림을 주문했다. 나는 긴장을 감추고 아이스크림을 뜨는 데 집중하려 애를 썼다.

"손님, 얼음땡 놀이 아시죠?"

순간 스쿱을 든 손이 멈칫했다. 동그랗게 떠낸 아이스크림 덩어리가 통 속으로 다시 툭 떨어졌다. 민혜는 내가 그러거나 말거나 계속해서 명랑한 목소리로 떠들었다.

"어떤 사람은요, 얼음땡 놀이 할 때 언제까지고 얼음인 상태로 있고 싶었대요."

얼굴이 화끈거리고 팔에는 소름이 돋았다. 여자가 내 쪽을 쳐다보는 게 느껴졌지만 고개를 들 수가 없었다.

"손님은 어떠셨어요?"

민혜의 물음 뒤에 이어진 잠깐의 정적. 견디기가 무척 힘들었다.

"나도 그랬어. 후후."

편안한 목소리였다. 나는 용서받은 기분이 되어서 다시 스쿱으로 아이스크림 통 속을 긁기 시작했다.

"네에? 언니도 얼음이 좋았다고요? 왜요?"

민혜가 여자를 언니라고 부른 것에 신경을 쓰며 나는 청각을 곤두세웠다.

"글쎄. 왜 그랬는지는 아이스크림 먹으면서 생각해 봐야겠다. 거기…… 다 됐나요?"

"아, 네, 손님. 여기……."

내게서 아이스크림을 건네받은 여자가 나를 보며 싱긋 웃었다.

여자는 아이스크림을 부드럽게 떠서 입 안에 넣고 혀로 살살 굴리며 창밖을 내다봤다. 그녀를 너무 빤히 보지 말라고 민혜에게 핀잔을 주고 싶었지만 나 역시 어느새 그녀를 그렇게 바라보고 있었다. 무슨 생각을 하고 있을까. 어떤 대답을 들려줄까.

여자가 테이블에서 일어나 빈 종이 그릇을 쓰레기통에 넣고 문쪽으로 걸어갔다. 나는 약간 실망스러웠지만 그렇게 가 버릴 수도 있는 거라고 생각했다. 어려운 대답일 테니까. 하지만 민혜가 여자를 붙잡았다.

"어머, 언니! 그냥 가시게요? 아까 그 얼음 얘기, 대답해 주고 가셔야죠."

여자는 민혜를 먼저 흘깃 본 다음 나와 눈이 마주치자 콧등을 살짝 찡그렸다. 나는 고개를 푹 숙인 채 여자가 하는 이야기를 들어야 했다.

"그건 아마도 얼음이 어떤 완벽한 상태로 느껴졌기 때문이었던 것 같아. 기온만 0℃ 아래로 유지된다면 얼음인 나는 변함없이 단단할 수 있고 누구도 나를 침범할 수 없을 테니까."

나는 그녀의 이야기를 들으며 뾰족하게 각이 진 얼음틀 속에 몸이 꼭 끼인 채 동면(冬眠)하는 내 모습을 그려 보았다. 하지만 그림 도화지를 확 구기듯 민혜의 목소리가 끼어들었다.

"와, 멋진 말이다."

나는 여자가 어떤 얼굴을 하고 있는지 궁금해서 고개를 슬쩍 들었다. 여자는 도리질을 하며 중얼댔다.

"그냥 차가운 소리지."

문을 밀고 나가는 여자의 뒷모습에 대고 민혜가 인사했다.

"또 오세요. 안녕."

문이 닫히기 무섭게 민혜가 내 팔을 툭툭 치며 말했다.

"저 언니 은근 매력 있다. 그치?"

"……건드리지 마."

"뭐?"

"내 팔."

민혜가 눈을 동그랗게 뜨고 내 팔을 내려다봤다.

"그렇게 함부로…… 툭툭 건드리는 거……"

"아, 내가 그랬어? 미안."

미안하다는 얘기를 들었는데도 나는 멈추지 않고 일부러 힘을 주어서 내뱉었다.

"정말 싫어!"

조금 뒤 민혜가 애교 섞인 목소리로 내게 말을 붙였다.

"수이야, 화 많이 났어?"

"왜 그랬어. 손님한테 그러는 건 예의가 아니잖아."

딱딱하다. 내 목소리.

"난 그냥, 별 뜻 없이……."

"두 번째야."

"뭐가?"

"별 뜻 없다는 말. 그건 생각을 안 하고 행동한다는 소리나 다름없잖아. 우리 내일이면 스물이야. 이제 자기 행동에 책임을 져야 할 나이라고."

왜 이렇게 화를 내고 있는지 모르겠다고 생각하면서도 멈춰지지가 않았다. 민혜가 나를 골탕 먹이려고 일부러 그랬을 리도 없는데……. 그래도 화가 났다. 민혜가 속상할 거라는 걸 알았지만 민혜 기분을 배려해 주고 싶지 않았다. 남의 기분을 배려하지 않는 건 민혜 쪽이 훨씬 심한 것 같았으니까.

민혜는 억울한 표정으로 뭔가 말을 꺼내려다가 손님이 들어오는 것을 보고는 표정을 감추었다. 이번 손님은 중년 아저씨와 어린 여자애 둘이었다. 민혜는 무슨 일이 있었냐는 듯 샐샐 웃으며 아저씨에게 인사를 건넸다.

"와아, 귀염둥이들! 아저씨 딸인가요?"

아저씨는 한 아이는 딸이고 다른 아이는 딸 친구라며 아이스크림을 포장해 달라고 했다. 민혜가 쭈뼛대며 내 쪽을 바라봤지만 나는 못 들은 척 대걸레를 들고 테이블 쪽으로 나가 바닥을 걸레질했다.

아이스크림의 질감에 익숙하지 않으면 스쿱은 아이스크림 표면을 미끄러지기 십상이다. 힘 조절을 잘못 해서 스쿱을 든 민혜의 손이 진열장 유리에 퍽 하고 부딪혔을 때 아저씨는 사람 좋게 웃으며 "일이 처음인가 보네." 했다. 나는 민혜의 얼굴을 흘끔거렸다. 민혜는 웃고 있었지만 눈썹 언저리가 식은땀으로 번들거렸다. 잠깐 나를 원망스럽게 노려봤지만 나는 못 본 체했다.

민혜는 끙끙대며 아이스크림을 종이 그릇에 꾹꾹 눌러 담은 다음 뚜껑을 닫고 비닐봉지에 담아 아저씨에게 내밀었다. 아저씨가 당황하며 집이 여기서 한 시간 거리니까 가는 동안 녹지 않게 포장을 해 달라고 부탁했다.

"아, 네, 조금만 기다리세요."

민혜는 하얗게 질린 얼굴로 정신없이 두리번댔다. 나와 눈이 마주치자 간절한 표정으로 도움을 요청했다. 그런 민혜를 보고 아저씨도 고개를 돌려 나를 쳐다봤다. 나는 마지못해 대걸레를 한쪽 벽에 기대어 놓고 묵묵히 진열대 뒤를 빙 돌아 냉동고 속으로 들어갔다. 민혜는 그런 나를 멍청하게 보고만 있다가 내가 양동이에 덜어 온 드라이아이스를 보고 다시 부산스럽게 움직였다. 아이스크림 담은 종이 그릇을 스티로폼 상자에 넣고 빈 공간에 드라이아이스를 채워 주기만 하면 되는 간단한 일이었다. 하지만 민혜는 스티로폼 상자를 몇 번씩 떨어뜨리고 떨어뜨린 걸 실수로 차서 찌그러뜨리며 시간을 끌었다.

그렇게 우여곡절 끝에 스티로폼 상자가 준비되자 민혜는 급히 내 손에서 양동이를 가져가려고 했다. 그때 나 자신도 이해할 수 없는 행동을 저지르고 말았다. 민혜가 양동이 손잡이를 끌어당긴 순간 나도 모르게 팔에 힘이 들어갔다. 왜 그랬는지 모르겠다. 드라이아이스만큼은 그 애에게 맡기고 싶지 않다고 생각했던 것 같다. 민혜는 긴장한 탓인지 온몸이 뻣뻣해진 상태였다. 양동이를 받겠다고 힘을 잔뜩 주었을 텐데 나 역시 빼앗기지 않겠다고 힘을 준 꼴이 되어 버렸다. 그 반동으로 양동이는 심하게 흔들리다가 바닥으로 곤두박질쳤고 드라이아이스가 사방으로 흩어지고 말았다.

"수이야, 괜찮아?"

민혜가 내게 손을 뻗으며 다가왔다. 드라이아이스 조각이 민혜의 발아래에서 파삭 부서졌다. 그 모습이 무신경해 보였던 걸까. 아니면 드라이아이스를 쏟은 순간 내 마음에서도 뭔가가 쏟아져 버린 걸까. 나는 자제력을 잃고 버럭 소리를 지르고 말았다. 나조차 알아들을 수 없는 괴팍한 소리를.

아저씨는 어린 딸과 그 친구가 겁에 질린 걸 눈치채고는 서둘러 아이들을 데리고 나가 버렸다. 나는 쪼그리고 앉아서 손으로 드라이아이스를 양동이에 주워 담기 시작했다. 손바닥이 뜨거웠지만 상관없었다. 정신없이 줍고 또 주웠다. 민혜가 손을 내저으며 말리려고 했다.

"그만둬! 맨손으로 그러면……."

"내버려 둬."

"그치만……."

민혜가 내 어깨에 손을 얹으려고 했다. 나는 그 손을 쳐 내고 계속해서 드라이아이스를 줍다가 냉동고로 뛰어 들어가 문을 닫았다. 울음이 터졌다. 왜 조심해 주지 않는 거야? 대체 왜들 그러는 거야?

입술을 꾹 다물고 울음을 참으려 애를 쓰며 나는 드라이아이스 상자에 기대어 앉았다. 눈물은 방울져 흐르지 않고 눈가에 맺힌 채 말라 갔다. 나는 울음을 참는 법을 잘 안다. 그래서 어른들은 내가 의젓하댔다.

차분히 손바닥을 들여다봤다. 드라이아이스 닿은 자리가 장미물이 든 것처럼 울긋불긋했다. 쓰라리지만 예뻤다. 나는 주머니에서 핸드폰을 꺼내 손바닥을 찍어 보았다. 사진에선 붉은색이 더 도드라져 보였다. 바보 같은 짓. 나는 삭제 버튼을 눌렀다.

정말로 삭제하시겠습니까?

나는 머뭇거리다가 '아니오'를 눌렀다. 삭제한다고 해서 쓰라림이 사라지는 건 아니니까.

쓰라림. 통증. 아픔.

아프다……. 민혜도 아플까? 밖에서 민혜가 어떻게 하고 있을지 상상이 되지 않았다. 갑자기 민혜가 못 견디게 걱정되었다. 민혜처럼 대책 없이 밝은 아이는 처음 보았다. 그런 아이가 상처를 받으면 어떤 모습일까.

그래, 상처. 내가 그 애에게 준 것.

바닥에 흩어진 드라이아이스 조각들이 떠올랐다. 그것들처럼 그 애도 흩어져 있으면 어떡하지? 머리가 깨질 듯이 아팠다.

지금 느끼는 감정이 미안함인지 두려움인지 모르겠다고 생각하며 나는 냉동고 밖으로 걸어 나왔다.

민혜는 싱크대 앞에 서 있었다. 싱크대에서 안개처럼 희뿌연 기체가 흘러넘치고 있었다. 순간 나는 민혜가 '마녀 같다'고 느꼈지만 소리 내어 말하지는 않았다. 마녀는 현실적인 것이 아니었고 내일이면 스무 살이 되는 나는 비현실적인 생각을 입 밖에 내어서는 안 될 것 같았다. 어쩌면 생각조차 하면 안 되는 것인지도 몰랐다. 그런데 내 얼굴을 본 민혜가 내가 하고 싶은 말을 대신 해 주었다.

"흐흐. 나 마녀 같지?"

민혜가 손짓하며 "이리 와서 이것 좀 봐." 했다. 재미있는 장난에 친구를 끌어들이는 아이처럼. 나는 조심스럽게 민혜에게 다가가며 민혜는 약하지 않구나, 생각했다. 그런 생각이 들자 갑자기 민혜가 세상에서 가장 편한 사람처럼 느껴졌다.

나는 안심한 채로, 떨어진 드라이아이스는 죄다 어디로 갔을까, 궁금히 여길 수 있었다. 궁금증은 민혜 옆에 서서 싱크대 안을 들여다보자마자 곧바로 풀렸다. 싱크대에 반쯤 채운 물 속에서 드라이아이스 조각들이 하얀 기체로 승화하고 있었다. 기체는 물에 녹지 않고 뽀글뽀글 소리를 내면서 헤엄쳐 올라와 수면을 흔들어 놓고는 물 밖으로 터져 나왔다. 그러고는 안개처럼 퍼져 나갔다. 내 키를 넘겨 점점 넓게 퍼져 나가는 모양이 예쁘고 자유로워 보였다.

"그 아저씨 엄청 황당했겠다. 그치?"

뽀글거리는 물을 바라보며 민혜가 말했다. 기분이 이상했다. 남의 기분 같은 건 안중에도 없는 애인 줄 알았는데……. 나도 까맣게 잊고 있던 손님에 대해서 민혜는 걱정을 하고 있었다.

"그냥 날 미친 애라고 생각하겠지, 뭐."

내 말에 민혜가 소리 없이 웃었다.

물 속의 드라이아이스는 금세 쌀알만큼 작아져 버리고 말았다. 나는 민혜와 함께 물에서 피어오른 마지막 안개를 바라보았다. 민혜가 나 때문에 하고 싶은 말을 참고 있다는 걸 느낄 수 있었다. 내가 양동이를 들고 냉동고 쪽으로 가자 민혜가 물었다.

"뭐 하게?"

"아쉽잖아……."

나는 드라이아이스를 양동이째 퍼다 싱크대에 와르르 쏟아 부었다. 가게 안이 삽시간에 안개로 가득 찼다. 신경이 곤두섰다. 드라이아이스를 물에다 한꺼번에 들이부었다고 해서 이렇게 안개가 빽빽이 낀다는 게 왠지 현실감이 없어 보였다.

나는 맛을 보는 요리사처럼 안개를 한 줌 쥐어 입가로 가져가 깊이 들이마셔 보았다. 그러자 차츰 정신이 몽롱해지면서 기분이 좋아졌다. 자욱한 안개 속에서 민혜의 목소리가 띄엄띄엄 들렸다. 민혜가 띄엄띄엄 말하는 것인지 안개 때문에 띄엄띄엄 들리는 것인지 헷갈렸다.

"오늘 우린 열아홉…… 내일이면 스물……."

갑자기 눈물이 흘렀다. 아까 냉동고에서 참았던 울음인지 아니면 다른 곳에 참아 두었던 울음인지 나는 구분할 수 없었다.

하루 만에 갑자기 어른이 되어야 하다니…… 마냥 기분이 좋을 줄 알았는데 그렇지가 않아. 솔직히 반쯤은 당황스러워. 우린 공부만 했잖아. 어른이 되는 법은 배운 적 없잖아. 우리 마음이 어떻든 우린 내일 스물이 되겠지. 누구도 어른이 되는 걸 피할 수 없다면…… 나는 괜찮은 어른이 되고 싶은데. 딱딱하고 차가운 그런 어른 말고, 틀에 박힌 채 모가 나 버리는 그런 어른 말고……. 가까이 다가가면 뜨거움에 소스라치게 되는…… 딱딱한 결정체로 영원히 굳어 버리는 게 아니라 어느 순간엔 이렇게…… 조금은 뜻밖의 존재로 변신을 하는…… 그런 어른…….

안개 속에서 민혜의 손이 쑥 튀어나와 내 어깨를 건드렸다. 나는 그게 무슨 뜻인지 이해했다. 얼음땡 놀이. 사실 나는 얼음 상태를 못 견디거나 힘들어하지는 않았다. 나는 얼마든지 얼음 노릇을 할 수 있는 아이였다. 하지만 혹시 누군가 꽁꽁 얼어붙은 나를 풀어 주러 와 주지 않을까 기대하는 그런 아이이기도 했다.

쓰라렸다. 민혜의 손이 닿은 어깨가, 그리고 어깨에서 가슴으로, 가슴에서 사지로, 나의 전부가, 전부에 깃든 무언가가. 몹시도 쓰라렸다. 물 속에서 빠르게 승화하는 드라이아이스처럼 내 안 어딘가에서도 승화 작용이 일어나고 있었다. 민혜가 흐느적거리며 춤을 추기 시작했다. 안개 속에서 민혜는 한쪽 눈만 보였다가 입술만 보였다가 했다. 나는 민혜가 소리 내어 웃고 있다고 생각했다. 하지만 아니었다. 내가 듣고 있는 건 너무도 낯선 내 웃음소리였다.

아득히 멀리서 가게 문 열리는 소리가 들렸다. 이어서 어떤 목소리가 조그맣게 들려왔다.

"웬 안개지? 거기 누구 없어요?"

내 웃음소리를 듣고 목소리가 다급하게 말했다.

"거기 있구나. 야, 나 지금 압사 당하기 일보 직전이거든. 이 안개 좀 어떻게 해 봐."

목소리는 고장 난 라디오처럼 볼륨이 제멋대로 커졌다 작아졌다 했다. 드라이아이스 배달원의 목소리라는 걸 알았지만 나는 그가 원하는 대로 안개를 사라지게 하는 법을 몰랐다. 민혜가 노래를 흥얼거리고 나는 민혜의 손을 잡고 팽이처럼 빙글빙글 돌았다. 내가 이렇게 움직일 수도 있는 사람이었구나.

한참 동안 잠잠하다가 다시 들려오는 배달원의 목소리는 바로 내 귓가에서 크게 맴돌았다.

"그 산봉우리 말야, 우리 회사 앞치마에 그려져 있는……. 어디에 있는 산인지 알아냈어. 히말라야도 알프스도 아니었어. 그건……."

나는 그의 말을 가로막았다.

"이미 알고 있어요, 어디에 있는 건지."

축축하고 미지근한 안개 속에서 산봉우리가 또렷이 보였다. 산봉우리가 내 이름을 부르고 있었다. 메아리로 퍼지는 내 이름과 함께 산봉우리를 온통 뒤덮고 있던 눈도 승화하고 있었다.

정체

웅성거림.

허공을 부유하다 서서히 귓가로 내려앉는 소음들.

무릎에 얹혀진 무거운 물체가 무엇인지 알아차리는 데에는 얼
마간의 시간이 필요했다. 책……! 그때까지 멍하니 들여다보던 전
공 서적을 무릎 위에서 흠칫 발견하고는 어색한 기분이 되어 버린
다. 나는 지하철 승강장에 앉아 있다. 맞아, 차가 오기를 기다리다
가 지루해져서 공부를 하던 참이었지.

'얼마 동안 이러고 있었던 걸까?'

승강장 천장에 걸린 전광판 화면을 올려다보았다. 두껍고 딱딱

한 글씨체로 '정체'라고 적혀 있었다. 그 두 글자 외에 다른 메시지는 없었다.

〈정체〉
갑갑하고도 낯익은 낱말의 인상…….

전광판 밑으로 사람들이 지나갔다. 어딘가로 급히 전화를 걸며 승강장을 빠져나가는 사람들…….

눈길을 다른 방향으로 돌리니 승강장 한쪽 끝에서 지하철 역무원을 에워싼 사람들이 보였다. 그들은 추궁하는 중이었다.

얼마나 기다리면 정체가 풀릴까요? 대체 원인이 뭐죠? 차가 고장이라도 일으킨 겁니까? 아니면 지하철 노조가 파업이라도 했나요? 혹시 탈선 사고입니까? 설마 어느 사이코가 선로에 뛰어들어 운행을 막고 있는 건 아니겠죠? 대체 얼마나 더 기다려야 하냐니까요!

모두들 초조하고 짜증스러운 기색이 역력했다. 역무원은 난색을 하고 무전으로 정체 원인을 물어보며 허둥댔지만 소득이 없는 듯했다.

놓친 글줄을 눈으로 좇으며 다시 무릎 위의 전공 책에 집중해 보려 했지만 글자들은 의미가 죄다 빠져나간 모습으로 껄끄럽게 읽힐 뿐이었다. 시선을 빈 선로로 옮겼다.

기다란 두 개의 선. 양끝이 제각각 터널의 암흑 속으로 이어져 있다. 그 선로 위 어딘가에서 무엇인가가 정체되어 있다.

어떻게 되든 난 상관없다고 생각했다. 어차피 오늘은 강의가 없는 날이었다. 늦게 가면 도서관 열람실 좌석을 배정받기 어려울 테지만…….

나는 앉은 채로 두 다리를 쭉 펴고 등을 벽에 기대었다. 무릎에 올려 두었던 전공 책이 미끄러져 바닥에 떨어졌다. 아마도 책장 몇 장이 구겨졌을 거라고 생각하면서 떨어진 책을 물끄러미 내려다보았다. 지금 당장 저것을 주워야 할 이유는 없어 보였다. 허리가 의자 깊숙이 구부러지고 목이 앞으로 접혀서 숨을 쉬기가 약간 불편해졌지만 나는 자세를 고치지 않았다.

대학생이 되고부터 거의 매일 이용하고 있는 이 역의 승강장은 거대한 활처럼 바깥쪽으로 약간 휘어져 있다. 이 공간에서 안정감을 느끼기 힘든 건 어쩌면 휘어져 있기 때문일지도 모른다. 어쨌거나 평상시엔 10분 이상 머무를 필요가 없는 공간이었다. 그런데 지금 나는 벌써 30분째 머물러 있다.

승강장에 남은 사람 수가 빠르게 줄어가는 것을 지켜보았다. 뭐

랄까, 좀 신기했다. 사람들은 갈 곳이 너무도 분명해 보였고 저 느닷없는 정체 메시지를 탈피할 대책을 원래부터 알고 있었던 것처럼 굴었다. 그들은 불평을 하긴 해도 당황한 것 같지는 않다.

나를 제외한 모든 사람들이 어딘가를 향해 바쁘게 움직이고 있다. 생각해 보면 이런 풍경이 별로 낯설지도 않다. 지금 다니고 있는 대학에서도 늘 보게 되는 모습들인 것이다.

나는 서울 외곽에 위치한 대학에 다니고 있다. 왕복하는 데 세 시간이 조금 넘게 걸리긴 해도 집에서 통학할 수 있는 거리인 점만큼은 마음에 든다. 비록 목표로 삼았던 학교는 아니어도, 취업에 유리해 경쟁이 치열한 경영학과에 들어온 것은 행운이었다. 학과 공부는 그럭저럭 할 만하다. 전공과목 강의를 듣고 있자면 자주 두통이 나서 적성에 안 맞는 게 아닐까 의심하곤 하지만 어쨌거나 공부를 하면 성적이 안 나오진 않는다. 영어 동아리에 띄엄띄엄 나가고 있으며, 강의 시간 사이에 짬이 나면 대개 휴게실 한 구석에서 낮잠을 청하거나 취업상담실에 들러 인턴십 모집 공고를 살펴보기도 한다. 아직 어디에도 지원해 본 적은 없지만 취업에 대한 관심의 끈을 놓으면 안 될 것 같아서다. 가끔, 졸리지 않고 취업에 신경을 쓰고 싶지도 않을 때에는 학교 도서관에서 소설책을 빌려 읽지만 늘 끝까지 다 읽지 않고 반납한다. 처음으로 책을 다 읽지 않고 반납했을 때에는 찝찝한 기분이 들었지만 이제는 아무렇지도 않다. 그래도 이번 학기에 교양 심리학 강의실에서 한 여학생에게 관심이 생긴 일은 미지근하게 고여 있던 나의 대학 생활에서 한 방울 레몬즙 같은 사건이었다. 물론 일정한 선 너머로 감정이 부풀려지거나 하지는 않았다. 나는 뒷자리에서 그녀를 바라보는 것 이상을 꿈꾸어 본 적이 없고, 그녀가 수업에 들어오지 않는다고 해서 우울해지거나 하는 일도 없다. 나는 대학 생활의 다방면에 별다른 불만이 없다. 나는 나 자신이 대학 생활에 적응했다고 생각한다. 부모님 역시 나에게 특별한 것을 요구하지 않는 것으로 보아 이런 아들에게 적응을 하신 것 같다.

그러나 내 주변의 아이들은 나와 다른 것 같다. 신입생 오리엔테이션 자리에서 스터디그룹을 결성해 한눈파는 일 없이 공부에만 매달리더니 결국 장학금을 타내는가 하면, 고시 준비를 시작했다는 소문만을 남기고 어느 날 갑자기 사라지기도 하고, 휴학계를 내고 코피를 쏟아 가며 밤낮없이 아르바이트를 하다가 마침내 천만 원이 모이자 훌쩍 유학을 떠나기도 했다. 학점 관리나 스펙 쌓기 따윈 안중에도 없이 오로지 연애에 충실하느라 학사경고를 받았으나 애인이 배신하자 술에 절어 지내더니 돌연 비장한 얼굴로 군입대를 선언하는 (꼭 청춘 드라마 같은) 경우도 있었다. 모두들 그런 식이다. 거침이 없고 무언가를 향해 열심히 손을 뻗고 있다. '정체'라는 두 글자에 가차없이 승강장을 빠져나가는 저 사람들처럼.

어느새 승강장엔 나를 포함해 세 사람만이 남아 있었다. 전광판 화면은 변함없이 정체만을 알리고 있었다. 퍼뜩 이래선 안 되겠다는 생각이 들었다. 발 앞에 떨어진 두꺼운 전공 책을 내려다보며 일단 저것부터 주워야겠다고 생각했다. 하지만 생각뿐이었다. 의자 위에서 그대로 눌어붙은 듯 몸이 한없이 무겁게 느껴졌다. 나는 선로를 바라봤다.

선로를 따라 걸으면 어떤 기분일까. 어둡겠지? 그래서 무서울까?

─괜찮아. 나는 곧 어둠에 적응하게 될 거야.

계속 걷다 보면 어딘가가 나오겠지. 어디? 다음 역은 어디일까? 실망스러운 곳이면 어떡하지?

─상관없어. 나는 그곳에도 적응할 테니까.

그치만…… 빠져나오고 싶으면 어떡하지? 돌아가고 싶은데 그러기에 너무 늦었다면? 나는 어떡하지?

차가운 물에 빠져들듯 소름이 돋고 숨이 막혔다. 어두운 선로를 따라 걷던 정신을 허우적거려 간신히 승강장의 의자 위로 돌아왔다. 몸은 여전히 무겁다.

바퀴 달린 커다란 장바구니를 끌던 아주머니가 내 앞을 지나쳐 엘리베이터를 타고 사라졌다. 이제 승강장에 남은 사람은 둘. 여전히 무전 중인 역무원과 나. 역무원이 노란색 안전선을 따라 빠르게 걸어오며 나에게 말을 걸었다.

"어디 불편하세요? 도와 드릴까요?"

나는 고개를 가로저으며 천천히 몸을 일으켜 앉았다. 그가 바닥에서 내 전공 책을 주워 의자 옆에 올려놓고는 말했다.

"정체가 길어질 것 같으니까 다른 교통편을 알아보세요."

그의 무전기에서 끊임없이 잡음 섞인 목소리가 새어 나왔다. 무슨 이야기인지 궁금했지만 알아들을 수가 없었다.

"정체 속에서 정체를 지직, 지직…… 그러니까 정체의 정체를 치지지직……."

무전기 속 목소리는 그렇게 '정체'라는 낱말만을 되풀이했다. '정체'라는 말 외엔 하나도 알아들을 수가 없었다. 머리가 아팠다. 내 표정이 이상했던 탓인지 역무원이 큰 소리로 좀 전에 했던 말을 반복했다.

"정체가 길어질 것 같으니까 다른 교통편을 알아보세요."

그래도 내게서 반응이 없자 그가 잠시 머뭇거리다가 내 어깨를 두드리며 말했다.

"힘내요. 정체가 반드시 나쁜 것만은 아니에요."

그가 내 얼굴을 빤히 들여다보았다. 한참 만에 내가 억지로 고개를 끄덕이자 그는 마음이 놓인다는 듯 엷은 미소를 지었다. 무전기가 보채듯 심하게 지지직거렸다. 그는 무전에 대답하며 황급히 계단을 뛰어올라갔다.

나는 다시금 지하철 선로를 바라봤다. 선로로 내려서는 내 모습이 그려졌다.

나는 서늘한 지하 터널을 따라 걷는다. 저벅저벅. 내 발소리가 어둠 속에 울린다. 지루하게 걷기만 한다. 멀찌감치 어떤 물체가 있다는 것을 나는 안다. 이윽고 물체가 보인다. 어두워서 무엇인지는 확실하지 않다. 선로 위에 가로놓인 그 물체를 향해 나는 호기심을 느끼며 서서히 다가간다.

물체가 아니다. 사람. 그것도 아주 많이 나이 든 사람. 그 노인은 잠을 자듯 누워 있는 모습이다. 아니, 발작으로 쓰러져 잠이 든 것 같은 모습이라고 해야 더 정확한 표현일 것이다. 마른 몸에 긴 선을 가진 노인이다. 관절이 만들어 내는 각은 한없이 예민하고 여려 보인다.

나는 노인이 입고 있는 검정색 코트를 보고 디자인이 세련되었다고 생각한다. 검정색 코트와 하얗게 샌 머리카락이 예술적인 대비를 이루고 있다. 노인 옆에 책이 한 권 떨어져 있다. 그것은 내 전공 책이다. 나는 그것이 놀랍지 않다.

나는 노인이 오래전에 죽었다고 확신한다. 그러면서도 노인의 살아 있음을 확인하고 싶어 한다. 무릎을 꿇고 시신의 가슴 위로 얼굴을 가까이 댄다. 작은 속삭임이 들려온다.

"나는 너야."

소름이 돋는다. 당연하게 느껴지던 모든 것이 이상하게 느껴진다. 내가 왜 여기에 있지? 왜 하필 이 노인을 만난 거지? 어째서 내 전공 책이 여기 떨어져 있는 거지?

불현듯 배 속 깊은 어딘가에서 치밀어 오르는 무언가가 느껴진다. 숨이 가빠 온다. 나는 두근거리는 가슴에 손을 얹어 지그시 누르고는 숨을 고르려 애를 쓴다. 하지만 그 알 수 없는 불편한 느낌을 견디기가 점점 힘들어진다. 식은땀이 흘러 티셔츠가 순식간에 흠뻑 젖고 만다.

노인이 눈을 번쩍 뜨고 나를 똑바로 쳐다보며 말한다.

"너는 시체다!"

노인의 목소리가 점점 크게 메아리친다. 나는 손바닥으로 귀를 막고 도리질을 한다. 못 듣겠어……. 그만해. 그만! 그만!

나는 벌떡 일어선다. 눈앞이 핑 돌며 시야가 아득해진다.

귀가 몹시 따가웠다. 마치 귓속에서 팝콘이 터지는 것처럼 아팠다. 내가 승강장에 서서 목이 터져라 고함을 지르고 있다는 사실을 뒤늦게 깨달았다. 아무리 화가 나도 조용히 있으면 마음이 누그러지곤 했는데. 그래서 늘 차분하다는 소릴 듣던 나인데. 나는 지금 분한 듯 땅에 발을 쿵쿵 구르며 고함치고 있다.

"이곳을 빠져나가겠어! 나가겠다고!"

어두운 터널 깊숙한 곳으로부터 킬킬대는 소리가 들려왔다. 몸에서 열이 나고 두 주먹이 부들부들 떨리고 있었다. 머리가 깨질 듯 아팠다. 나는 이마에 손을 짚고 헉헉댔다. 머리가 이상해지는 기분이 들었다. 미치는 게 이런 건가? 더럭 겁이 남과 동시에 밑도 끝도 없이 화가 났다.

나는 씩씩거리며 가방을 챙겼다. 꺼림칙했지만 전공 책도 얼른 가방에 쑤셔 넣었다. 에스컬레이터에 올라섰다. 에스컬레이터가 위층으로 움직이는 동안 메스꺼워서 혼이 났다.

내가 이상해진 걸까. 아니다. 상상이 지나쳤던 거야. 난 미치지 않았다고!

에스컬레이터에서 내리자마자 나는 유리로 막힌 안내 창구를 들여다보았다. 아까 그 역무원을 다시 만나면 그가 뭔가 안심이 될 만한 말을 해 줄 것만 같았다. 하지만 안내 창구 안에는 거짓말처럼 아무도 없었다. 한기가 덮쳐 와 부르르 몸이 떨렸다.

나는 개찰구를 통과하자마자 두 팔로 몸통을 감싸 안고서 출구를 찾아 헤매었다. 누군가 나를 보았다면 틀림없이 아픈 사람이라고 생각했을 것이다. 그러나 역사에서 곧바로 이어지는 지하도 상점가를 지나는 수많은 사람들은 하나같이 뒷모습을 보이며 멀어지는 중이었고, 내 바로 앞 무인발권기 주변에 서 있던 중년 남자는 시선을 푹 떨어뜨린 채 DMB를 시청하는 중이었는데 스피커

성능 탓인지 그가 들고 있는 기계에서 조악한 음질의 웃음소리가 새어 나오고 있었다. 헛구역질이 올라왔다.

나는 출구를 찾아 미친 듯이 두리번거렸다. 출구 표시가 보이자 나는 곧장 그리로 달려갔다.

계단을 오르기 전, 나는 간절한 심정이 되어서 고개를 들고 무언가를 찾았다. 오전의 맑은 빛이 출구를 통해 비쳐 들고 있었다.

빛!

나는 이제 저 빛 속으로 들어가는 건가?

계단을 몇 칸 올라갔다. 빛에 가까워질수록 안심이 될 줄 알았는데 그렇지가 않았다. 너무 밝은 빛 때문에 비현실적인 그림 속으로 걸어 들어가는 기분이 들었던 것이다. 심장이 불규칙하게 뛰었다. 눈 앞에서 계단이 아코디언의 주름처럼 일렁였다.

갑자기 계단을 오르는 일에 자신이 없어지면서 주저앉고 싶어졌다. 막막했다.

점점 노인의 목소리가 머릿속을 장악했다. 나는 난간을 부여잡고 고개를 세차게 흔들었다. 나는 시체가 아니야! 눈물이 질금질금 새어 나왔다. 그때, 층계참에서 익숙한 목소리가 들려왔다.

"아이, 참! 어떡하긴 뭘 어떡해. 그러게 엄마가 준비물 잘 챙기라고 했어, 안 했어?"

계단에서 김밥을 파는 아주머니가 통화를 하고 있었다. 특유의 애교 섞인 콧소리 때문에 나는 목소리만으로도 알 수 있었다.

고여 있는 바윗돌처럼 층계참에 눌러앉아서 "김밥 한 줄에 천 원!"만을 외치던 아주머니였다. 나는 그런 아주머니를 이 계단의 일부인 것처럼 여기고 있었는데, 아주머니가 다른 말 하는 소리를 들으니까 왠지 다행이라는 생각이 들었다.

"지금 당장 엄마가 거길 어떻게 가? 엄만 김밥 팔아야지."

나는 아주머니의 목소리를 들으며 다시 계단을 오르기 시작했다. 처음엔 걸음이 크게 휘청거렸지만 점점 안정을 되찾아갔다.

통화 내용을 들어 보니 아주머니의 아이가 준비물을 빠뜨리고 학교에 간 것 같았다. 아주머니는 당장 아이의 학교로 달려가 준비물을 쥐어 주고 싶어도 그럴 수 없어 애가 마르는 모양이었다.

나는 나 자신에게 무언가를 확인시키려는 듯이 아주머니 옆에 멈추어 서서 아주머니의 살찐 목과 가슴과 배가 접혀 있는 것을 바라보았다. 아주머니는 내복처럼 생긴 자주색 티셔츠에 조잡한 꽃무늬가 찍힌 몸뻬바지를 입고 허리엔 얼룩이 진 군청색 앞치마를 두르고 있었다. 발에는 밤색 덧버선에 보라색 고무슬리퍼가 신겨져 있었다. 염색기가 도는 푸석한 머리카락은 고무줄로 질끈 묶여 있었다. 나는 아주머니의 다리 사이에 놓인 커다란 고무 대야를 들여다봤다. 김밥만 파는 줄 알았는데 도너츠와 꿀떡도 있었다. 그리고 보니 매일 지나다니면서도 제대로 본 건 오늘이 처음이었다. 대야에서 기름 냄새가 풍겼다. 나는 냄새를 깊이 들이마셨다. 그러자 바늘처럼 곤두섰던 신경이 조금은 누그러지는 듯했다.

아주머니가 통화를 잠시 중단하고 내 쪽을 올려다보며 상냥한 표정을 지었다.

"뭐 드릴까요?"

아주머니의 얼굴이 무척 커 보였다. 나는 머뭇거리다가 말을 꺼냈다.

"제가 갖다 줄게요."

"······?"

얼굴에서 열이 나고 있음을 느낄 수 있었다. 거울을 보지 않아도 귀와 볼이 붉게 달아올랐음을 나는 알 수 있었다.

"제가 갖다 주겠다고요. 그 준비물."

너무 힘이 들어간 말투가 거슬렸다. 꼭 반항하는 것 같은 말투. 하지만 아주머닌 심각하게 생각하지 않는 것 같았다. (그 점이 나를 몹시 불안하게 했다.)

"어머, 정말요? 잠시만요."

나는 실망감을 감추고서 아주머니가 아이에게 곧 누군가가 준비물을 가지고 갈 거라고 말하는 모습을 지켜보았다. 아주머니는 한 번쯤 나를 경계하거나 의심스럽게 쳐다보았어야 하지 않았을까? 그게 더 사실적인 것 아닐까?

아주머니가 전화를 끊고 종이에 약도를 그려 주며 말했다.

"고마워요. 우리 애 학교가 어디 있냐면……."

아주머니는 준비물을 살 돈과 함께 대야에 있던 먹을거리를 주섬주섬 챙겨 주었다.

"이건 내가 고마워서 드리는 거예요. 가면서 먹어요."

나는 아주머니가 건넨 비닐봉지를 꺼림칙한 얼굴로 받아들고 묵묵히 계단을 올라갔다.

출구 끝에 올라섰을 때 갑자기 두려워졌다. 뒤를 돌아보면 아주머니가 온데간데없이 사라졌을 것만 같았다. 나는 떨면서 천천히 뒤를 돌아보았다.

아주머니의 살찐 등이 보였다.

나는 빛이 쏟아지는 거리에 섰다.

현기증을 느끼면서 풍경을 하나하나 뜯어보았다. 미간이 찌푸려지는 걸 막을 도리가 없었다. 거리를 가득 메우고 있는 차와 간판이 일종의 허풍처럼 느껴졌다. 반면에 사람은, 마치 과장된 생략처럼 한 사람도 보이질 않았다.

나는 아주머니에게 받은 약도를 제대로 보려 눈을 부릅떴다. 방향을 가늠하는 데는 얼마 걸리지 않았다. 나는 걷기 시작했다.

걷는 동안, 습관처럼 궁금증이 어렴풋하게…… 다른 아이들은 지금 무얼 하고 있을지 궁금증이 일었지만 금세 희미해졌다. 그리고 그 자리를 대체해 뚜렷이 새겨진 것은 다만 두 가지, 전공 책이 든 가방이 무겁다는 것과 아주머니에게 받은 음식 봉지가 거추장스럽다는 것. 그뿐.

붉은 벽돌로 지어진 상가 건물에서 다시 약도를 확인했다. 그 상가를 끼고 골목길로 들어가 은행이 나올 때까지 직진해야 했다. 상가 모퉁이를 돌다가 시계가 진열된 쇼윈도를 보았다. 쇼윈도 위에 걸린 간판이 약도에 적힌 상점 이름과 일치했다. 나는 쇼윈도로 다가섰다. 다양한 디자인의 시계들은 모두 다른 시간을 가리키고 있었다. 한 마디로 천방지축. 나는 손목에 차고 있던 가죽시계를 서먹하게 들여다봤다.

9시 38분.

쇼윈도에 진열된 시간들보다 특별히 설득력이 있어 보이지 않았다.

시시해진 기분으로 다시 약도를 따라 걷는데 불현듯 오금이 저려왔다. 뭔가 빼먹은 것이 있었다.

바로, 시간!

몇 시까지 준비물을 가져다주어야 하는지 나는 묻지 않았던 것이다. 아주머니도 경황이 없어서 깜빡한 모양이었다.

서둘러야 할지도 모른다는 생각이 사납게 몰아쳤다. 걸음이 빨라졌다.

먼발치에서 횡단보도 신호등이 초록색으로 바뀌는 것이 보였다. 재빨리 약도를 훑으니 저 지점에서 횡단보도를 건너는 편이 나을 것 같았다. 나는 횡단보도를 향해 뛰기 시작했다. 툭 튀어나온 보도블록에 발이 걸려 하마터면 넘어질 뻔했다. 간신히 균형을 잡고 횡단보도로 뛰어내렸을 때는 이미 신호등이 깜빡거리고 있었다. 분발하기로 했다. 더 빨리!

빨간불이 켜짐과 거의 동시에 8차선 도로 건너편에 도달했다. 나는 숨을 몰아쉬며 약도를 확인하고는 다시 발길을 재촉했다.

"휴, 아슬아슬했어……."

말을 내뱉은 순간, 얼굴 근육이 팽팽하게 당겨지는 느낌이 들더니 이내 사라지고 말았다. 어떤 '표정'이 지나간 것 같았는데……. 나는 뺨을 매만지며 숨이 차도록 달려 본 것이 얼마 만인지 되짚어 보았다.

이윽고 나지막한 비탈길이 나왔다. 등에서 땀이 흐르고 있었다.

이 길 중턱에 초등학교가 있어야만 해. 그리고 거기엔 준비물을 빠뜨려서 패닉에 빠진 아이가 나를 기다리고 있어야만 해. 그렇지 않다면…….

나는 떨림을 애써 억누르며 걸었다. 페인트가 흉하게 벗겨진 연립주택 두 채와 전봇대 옆에 버려진 바퀴가 하나 없는 사무용 의자와 그 위에 웅크린 털이 꾀죄죄한 길고양이와 가지가 살벌하게 잘려 나간 가로수 몇 그루를 모두 묵묵히 지나쳤다. 곧 시야에 초등학교 현판과 교문이 들어왔다. 교문 바로 맞은편에 문구점이 있는 것 같았다. 나는 그쪽으로 부지런히 발걸음을 옮기다가 서서히 멈추었다.

'준비물이 뭐랬지?'

머릿속이 깜깜했다.

듣고도 내가 잊은 걸까?

—그럴 리가…….

그렇다면 아주머니가 말해 주는 걸 깜빡하신 걸까?

—말도 안 돼. 어떻게 그렇게 허술할 수가……

또다시 얼굴 근육이 팽팽하게 당겨지는 느낌이 들었다. 이번에는 몇 초간 그 느낌이 지속되다가 사라졌다.

문구점 앞 조그만 오락 기계들 위에는 머그컵으로 만든 화분이 하나씩 자리잡고 있었다. 오락 기계 위가 허전해서 화분을 올려놓은 것이 아니라 화분을 받칠 물건이 필요해 오락 기계를 들여놓은 것 같은 인상이었다. 화분마다 친절하게 꽃 이름과 꽃말이 적

95

힌 작은 팻말이 꽂혀 있었다. 나는 헛수고라는 걸 알면서도 문구점으로 들어섰다. 그곳에 어떤 힌트가 숨겨져 있지나 않을까 기대를 하면서.

환하고 깔끔한 문구점 내부에는 학교에서 필요할 만한 자질구레한 물건들이 차곡차곡 잘 정리되어 있었다. 나는 선반에 놓인 학용품들을 빠르게 훑었다. 혹시 물건을 보면 '바로 이거다!' 하고 감이 올지도 모르니까…….

뒤에서 문구점 점원이 테이프를 뜯는 소리가 들렸다. 점원은 알록달록한 플라스틱 공깃돌을 다섯 알씩 따로 포장을 하고 있었다. 나는 그녀에게 무엇을 달라고 말할지 고심하며 그 모습을 지켜보았다.

공깃돌이 예쁘다.

점원은 나를 흘끔 보더니 말없이 포장만 계속했다. 뿔테 안경에 긴 생머리. 요즘 유행하는 이니셜 목걸이를 하고 있다. 내 또래일 것 같았다. 여기서 아르바이트를 하는 걸까?

포장을 마쳤을 때 공깃돌 한 알이 남자 그녀는 그것을 손바닥 위에 올려놓고 이리저리 굴렸다. 그러다 공깃돌이 굴러떨어질 뻔한 찰나에 머리 위로 휙 던졌다가 받았다. 나와 눈이 마주치자 그녀가 설핏 웃으며 말했다.

"이거 가지실래요?"

나는 그녀가 내민 손바닥에서 공깃돌을 조심스레 집었다. 엷은 연두색 바탕에 반짝거리는 물질이 섞인 것이었다.

점원은 포장된 공깃돌들을 종이 박스에 담으며 말했다.

"어떻게 오셨어요?"

하마터면 나는 그 말을 문자 그대로 해석하여 이 문구점까지 오게 된 자초지종을 털어놓을 뻔했다. 지하철 정체부터 날더러 시체라고 했던 터널 속의 노인이며 지하철 출입구 계단에서 김밥을 파는 아주머니며……. 점원은 너그러운 표정을 지으며 내가 대답하길 기다리고 있었지만 나는 입술을 꼭 다물었다. 그런 이야기를 믿어 주는 일에는 너그러움보다는 순진함을 넘어 어수룩함이 필요할 터였다. 한데, 좀 전에 공깃돌 포장을 하던 그녀의 손놀림이 무척 야무졌던 것이다.

나는 손 안의 공깃돌을 만지작거리며 띄엄띄엄 말했다.

"준비물을……, 어떤 아이한테 준비물을 가져다줘야 하는데…… 그게 뭔지…… 도대체…… 그러니까 그 애한테 뭐가 필요한지…… 모르겠어요……."

나는 입 밖으로 꺼낸 한 마디, 한 마디에 후회를 하면서 말을 이어가다가, 말을 마치자마자 이 문구점을 우아하게 도망칠 방법을 궁리했다. 비웃음을 당하고 싶지 않았다. 그런데 돌아온 반응은 뜻밖이었다.

"그런 문제라면 간단해요."

나는 그녀가 '간단하다'는 표현을 쓴 것이 믿어지지가 않아서 눈을 크게 뜨고 그녀를 바라봤다. 간단하다고?

"그 애가 몇 학년인지 아세요?"

"아, 네……."

나는 허둥지둥 약도 밑에 적힌 메모를 읽었다. 아주머니가 아이의 학년과 반, 그리고 이름을 메모해 주었던 것이다.

"4학년이에요."

내가 대답하자 그녀가 침착한 목소리로 말했다.

"오늘 아침에 4학년쯤 되어 보이는 아이들이 뭘 사 갔는지만 알면 쉽겠네요. 어디 보자……."

그녀는 계산대에서 전표 다발을 꺼내 들추어 보며 기억을 더듬는가 싶더니 눈을 반짝이며 말했다.

"뭔지 알 것 같아요!"

조금 뒤, 나는 지점토 두 덩이를 들고 문구점을 나왔다. 점원은 아이들이 대체로 한 덩이만 사 갔으니 한 덩이면 충분할 거라고 충고했지만, 두 덩이를 사 간 아이도 소수 있었다는 사실을 나는 무시하고 싶지 않았다. 게다가 (우연의 일치인지는 몰라도) 아주머니에게 받은 돈이 두 덩이를 사면 딱 맞아떨어지는 액수였던 것이다.

 교문을 통과해 운동장에 세워진 축구 골대 옆을 지나 학교 건물 안으로 들어서서 계단을 오르는 일련의 행위를 하는 동안 나는 물이 가득 담긴 잔을 옮기는 사람처럼 조심성을 발휘하고 있었다. 그러나 아무리 조심해도 공포스러운 상상이 찔끔찔끔 넘쳐 등골을 타고 흘러내리는 것을 막을 도리가 없었다.

 만일 내가 찾는 아이가 이곳에 없으면 어떡하지?

 —아니, 그 아이는 틀림없이 있을 거야.

 그 아이가 내 어렸을 적 모습과 똑같으면 어떡하지?

 —아니, 왜 그런 걸 걱정하는 거야? 그 아이는 너와는 다른 아이야.

 나는 공포로 얼룩져 가는 마음을 자꾸만 추스르며 '그 교실'을 찾아 서늘한 복도를 걸어갔다. 교실 하나를 지나칠 때마다 크게 심호흡을 해야 했다.

 그리고 마침내 '그 교실' 앞에 다다랐다.

 교실 창문이 하나만 빼고 모두 불투명했다. 나는 교실 뒤쪽의 유일한 투명 창으로 교실 안을 들여다보았다. 아이들이 지점토로 무언가를 만들고 있었다.

그 점원이 제대로 맞혔군!

다시금 얼굴 근육이 팽팽하게 당겨지는 느낌이 들었다. 이번에 그 느낌은 꽤 오래 갔다.

그때, 창문 바로 아래 자리에 앉은 한 사내아이가 눈에 들어왔다. 그 아이의 책상 위에는 아무것도 올려져 있지 않았다. 그 아이는 한 손으로 머리를 괴고 삐딱하게 앉아서 만들기에 몰두하고 있는 자기 짝을 그저 구경만 하고 있었다.

저 아이구나…….

교실 앞에 앉아 있던 교사가 나를 발견하고는 그 아이에게 뭐라고 말하는 모습이 보였다. 곧이어 아이가 뒷문을 밀고 나왔다.

"엄마가 보냈어요?"

심통 난 목소리. 아직 변성기를 겪지 않은 목소리다. 눈가에 작은 점이 있다. 생각했던 것보다 키가 크다. 초등학교 4학년생은 생각보다 크구나……!

나는 드러내지 않았지만 속으로는 흥분에 빠져들고 있었다.

아이가 있다. 진짜로 있다! 공포 영화에서처럼 나와 똑같은 아이가 아닌, 그러나 나만큼이나 평범한 한 아이다.

얼굴 근육이 더욱 팽팽하게 당겨지는 느낌이 들었다. 아이를 만져 보고 싶은 걸 억지로 참고 있는데 아이가 내 얼굴을 유심히 올려다보더니 한심하다는 듯 말했다.

"아저씬 지금 웃음이 나와요?"

누가 나를 아저씨라고 부르는데도 불쾌하지 않은 건 이번이 처음이었다.

들고 있던 봉투에서 지점토 한 덩이를 쭈뼛쭈뼛 꺼내어 보이며, 눈으로, 필요한 게 이거 맞지, 하고 물었다. 그러나 아이는 내 눈은 보지도 않고 손에서 지점토를 홱 낚아채더니 한쪽 어깨와 팔꿈치로 내 가슴을 밀쳤다.

"쫌 일찍 오지!"

그러고는 후다닥 교실로 들어가 버렸다.

나는 잠시 복도에 머물며 창문으로 그 아이를 지켜보았다. 봉투에 아직 지점토 한 덩이가 남아 있었다. 아이에게 지점토가 더 있다고 알려 주고 싶었다. 아이는 자리에 앉자마자 지점토를 조금씩 떼어내 경단을 빚었다. 나와 눈이 마주쳤는데도 샐쭉거리며 못 본 체하더니 앞자리에 앉은 녀석이 경단을 가리키며 까부는 표정으로 무어라고 종알거리자 아이는 깔깔 웃었다. 아이에겐 지점토 한 덩이면 충분해 보였다. 그제야 나는 돌아설 용기가 났다.

나는 천천히 왔던 길을 되돌아 나왔다. 걸으면서 자꾸만 손바닥으로 얼굴을 만져 보게 되었다. 내가 지금 웃고 있구나……. 학교 건물을 나와 다시 빛을 보자 얼굴 근육이 더욱 더 팽팽하게 당겨졌다. 내가 지금 크게 웃고 있어……!

운동장을 가로지르다가 문득 뱃속이 불편한 것을 눈치챘다. 배를 쓰다듬다가 허기임을 깨달았다.

'하긴……'

도서관에 일찍 가서 자리를 맡겠다고 아침 식사를 거른 데다 아주 오랜만에 늦지 않겠다고 뛰고 조바심을 내었으니 허기질 만도 하다는 생각이 들었다. 아닌 게 아니라 시간도 열 시를 훌쩍 넘어 있었다.

나는 운동장 구석에 있는 등나무 그늘 아래로 갔다. 거기서 김밥 아주머니가 싸 주신 음식을 허겁지겁 먹어 치웠다. 그리고 얼마 뒤, 나는 기분 좋은 포만감을 느끼며 운동장의 아이들을 바라봤다. 아이들이 햇빛처럼 노랗게 빛나 보였다. 바람이 피부로 느껴졌다.

나는 남겨진 지점토 한 덩이를 어떻게 처분해야 할지 고민하다가 지점토 포장지를 과감히 뜯었다. 창백한 표면에 주름이 져 있는 지점토의 모습이 마치 핏기가 죄다 빠진 고깃덩이처럼 징그러웠다. 거부감을 느끼며 손가락으로 꾹 눌러 보았다. 의외로 촉감은 나쁘지 않은 것 같았다. 나는 지점토를 조심스럽게 두 손으로 감싸고는 살그머니 쥐어 보았다.

차가우면서 부드럽다.

더 이상 징그럽다는 생각이 들지 않았다. 나는 그 촉감을 닮은 목소리로 나 자신에게 질문을 하고 싶어졌다.

　나도 그 아이처럼 무엇인가 빠뜨리고 대학에 온 걸까?

　손아귀에 조금 힘을 주자 벽돌처럼 네모반듯하던 덩어리의 형체가 변하였다. 나에게는 그 형체가 마치 살아 있는 어떤 거대한 생명체의 축소형처럼 여겨졌다. 나는 그 덩어리를 꼼꼼히 뜯어 보며 그 생명체의 정체가 뭘까 생각하다가 '정체'라는 낱말이 동음이의어임을, 다시 말해 '머무름'이라는 의미 외에도 '본모습'이라는 뜻으로 쓰일 수 있음을 상기하게 되었다.

　머무름의 이면에 본모습이 있다니…….

　나는 한동안 목적 없이 지점토를 주무르기만 했다.
　길고 지겹게만 여겨지던 입시의 터널을 그래도 나는 참 성실히 난 것 같은데. 터널 밖의 삶을 허락받기 위해 알아야만 했던 수많은 문제들의 정답은 아직도 내 머릿속 노트에 가지런히 정리되어 있는데. 전문가들의 조언은 붉은 글씨로 새겨 넣기까지 했는데. 대비가 부족할 리 없다고 확신했는데. 예측하지 못한 일이 벌어진 것도 아닌데. 빠뜨린 것이 있다고? 그게 도대체 뭐지?

지점토를 만지는 손이 점점 하얘지고 지점토가 내 체온으로 인해 서서히 덥혀졌다. 불쑥 미워져서 지점토 덩어리를 꽉 쥐고 조르고 비틀었다. 그러다가 뚝 끊어진 것을 보고 소스라치게 놀란 나는 속으로 끊임없이 사과했다. 덩어리의 벌어진 상처를 여미고 양 손바닥으로 문질러 붕대처럼 긴 끈을 만들었다. 심란하게 꼬여 가는 내 마음을 따라잡듯 나는 그 지점토 끈으로 뱅글뱅글 똬리를 틀어 모양을 빚어 나갔다. 중간에 까닭 모를 불안감이 와락 덤벼와 당황스러웠지만 곧 나는 지점토의 촉감에 집중하여 안도감을 되찾을 수 있었다.

내내 불안정하게 떨리던 내 손끝에서 완성된 것은 작고 오목한 그릇이었다. 그릇 표면에 내 손가락 자국이 군데군데 선명하게 찍혀 있었다. 표면을 문대어 매끈하게 만들어야 할지 잠깐 고민하다가 자국을 남겨 두기로 했다. 지금 그대로가 더 예쁜 것 같았다.

나는 지점토 그릇이 굳기를 기다리며, 이 그릇은 현재 정체되어 있는 걸까 궁금해했다. 그러던 어느 순간이었다. 갑자기 그릇 바닥이 푹 꺼져 들었다. 그릇 바닥이 깊어지고 있었다. 깊음이 깊음을 낳고 그 깊음이 다시 더 깊음을 낳아 속으로, 속으로, 자꾸만 깊음이 진화하는 것 같은 착시 현상이 일었다. 그로 인해 롤러코스터를 탄 것처럼 현기증이 이는데도 개의치 않고 나는 그것을 끈질기게 바라보았다.

손에 묻은 지점토가 서서히 말라 가고 있었다. 그러나 나는 그 느낌이 무척 소중하다거나 그래도 언젠가는 손을 씻어야 한다는 따위의 생각을 할 겨를이 없었다. 그때 나는 다만, 무한히 확장하려는 그릇 속을 바라보며 또 다른 정체에 잠겨들 따름이었다. 오늘 머무름을 일으킨 것은 무엇인지, 자꾸만 깊어지는 이상한 그릇과 그로 인해 이제 갓 깊고 그윽해지기 시작한 나의 시력에 대하여……. 머무름 속에 발견한 누군가의 본모습과, 본모습 속에 머무름에 대하여…….

폭우

폭우에 버스가 멈추었다. 나는 스마트폰으로 보던 인터넷 수능 강의를 일시정지시키고 귀에서 이어폰을 빼냈다. 한순간에 무채색 톤으로 가라앉은 창밖 풍경. 공기가 떠다니던 공간을 물이 수직으로 흐르고 있었다. 마치 버스 지붕 위에 총알 상자를 쏟은 것처럼 빗소리는 살벌했다.

속보입니다. 현재 서울 경기 지역에 시간당 50밀리미터의 강한 비가 갑작스레 쏟아지면서 시내 곳곳에서 침수 피해가 속출하고 있습니다. 소방 당국의 신속한 대응에도 불구하고 교통 대란은 불가피할 것으로 예상되는 가운데…….

버스 라디오에서 다급한 음성이 새어 나오고 있었다. 속보 내용을 증명하듯 도로 위를 가득 메운 차들이 빨간 불빛을 깜빡이며 슬몃슬몃 나아가다가 멈추기를 되풀이했다. 김이 서리기 시작한 유리창. 비바람이 가로수를 잡아채어 아무렇게나 흔들고 마구 당기는 모습을 나는 무심히 바라보았다. 할 수 있다면 비바람을 더욱 거칠게 조종하고 싶었다. 그런 내 마음이 잔인하다는 생각은 들지 않았다.

나는 시간을 확인하고 학원까지 남은 정거장 수를 헤아려 보았다. 세 정거장이 남아 있었다. 날씨가 좋은 날에도 걸어가기엔 망설여지는 거리. 이대로 가다간 학원에 늦을 테지만 비를 맞으며 달려갈 엄두는 나지 않았다.

늘 이용하는 이 버스 노선은 명문 사립 ○대학 정문 앞을 거쳐 간다. 그리고 나는 늘 대학에서 한 정거장 전에 내려 재수 전문 입시 학원으로 들어간다. 버스에서 내릴 때마다 내년 봄에는 한 정거장 더 가고 싶다고 생각하곤 했는데, 오늘은 뭔가 다르다. 이대로 비가 그칠 때까지 버스에 머무르면 어떨까.

어차피 학원에선 내가 이미 일 년 전에 배운 내용을 가르치고 있었다. 그렇기에 학원에서 나는 아무것도 배울 게 없었다. 아무것도 배우지 않으려고 빗속을 달려갈 마음은 들지 않았다. 이 안에선 몸이 젖을 염려도 없거니와 다섯 손가락 안에 꼽을 만큼 적은 수의 승객들은 모두 나를 몰랐다. 곁에 아무도 없는 것은 아니지만 혼자 있는 것이나 다름없는 상태. 편안했다.

운전기사가 기지개를 켜더니 말했다.

"거기 아줌마, 문 열어 드려요?"

그러고 보니 아주머니 한 분이 아까 전부터 하차 버튼을 눌러놓고 내리는 문 앞에 서 있었다.

"아줌마! 내릴 거냐고요."

운전기사가 대답을 재촉했다.

아주머니는 쭈뼛거리다가 바닥에 내려놓았던 뚱뚱한 장바구니를 안고 내리는 문 바로 뒤쪽에 있는 2인용 좌석으로 가서 앉았다. 운전기사가 낮게 "쯧!" 소리를 내며 창밖으로 고개를 돌렸다. 아주머니는 마치 어린애를 다루듯 장바구니를 창가 자리에 앉히고 아주머니 자신은 통로 쪽 의자에 엉덩이를 반만 걸쳤다. 그러고는 창밖과 장바구니 속을 번갈아 살피며 중얼댔다.

"아휴, 이러다 이거 다 녹겠네."

누구에게랄 것 없이. 그러나 특별히 귀가 어두운 사람이 아닌 이상 누구나 들을 수 있을 만한 크기의 목소리였다. 아주머니는 비닐봉지를 부스럭대며 장바구니 속을 분주히 정돈했다. 아이스크림을 담는 보냉(保冷) 봉투가 얼핏 보였다. 비 때문에 발이 묶일 줄 모르고 아이스크림을 산 모양이었다. 더 이상 정돈할 게 없어

지자 아주머니는 창밖을 재차 확인했다. 빗줄기가 더욱 거세게 쏟아지고 있었다.

엄마 생각이 났다. 엄마에게 전화해서 빗속에 갇혀 있다고 하면 엄만 무슨 수를 내서든 나를 이곳에서 빼내어 줄 것이다. 하지만 엄마를 피곤하게 만들고 싶지 않았다. 미안했다. 남들보다 일 년 더 수험생 뒷바라지를 하고 있는 엄마는 수험생인 나보다도 피곤해 보일 때가 많았다.

사치라는 것을 알면서도, 나는 정지한 버스 안에서 멍하니 비를 바라보는 것을 멈추고 싶지 않았다. 이대로 영원히 조바심 따위 잊고 살 수 있다면 얼마나 좋을까. 자꾸만 그날 근처를 배회하는 내 마음을 고칠 수 있다면……. 나는 얼른 눈을 감았다. 하지만 늦고 말았다. 그날 생각이 나고 말았다. 지난 11월 8일. 수능 시험을 치른 날. 또다시 그날 생각…….

내 모의고사 성적은 늘 일정한 수준을 유지하고 있었다. 친구들과 비교해 보아도 내 성적은 항상 20점 이상 높았다. 선생님과 부모님, 추석 날 모인 친척들까지도 모두 내가 답안지만 밀려 쓰지 않는다면 서울에 있는 유명 대학에 무리 없이 진학할 수 있을 것이라 기대했다. 그런데 답안지를 밀려 쓰지 않았는데도 나는 지금 재수를 하고 있다. 2교시 시험 시간에 심한 복통이 일었던 것이다. 명치 아래쪽이 연필로 후벼 파듯 아팠다. 나는 의자와 함께 시험장 바닥으로 고꾸라졌고 다른 아이들이 시험을 보는 데 방해되지 않도록 조용하고 신속하게 보건실로 옮겨졌다. 스트레스성 복통이라고 했다. 약을 먹고 병상에 누워서 나는 울음이 나오지 않는 것이 이상스럽다고 느끼면서 잠이 들었다. 그리고 남은 시험 시간 동안 내리 잠을 잤다.

그 일로 누군가에게 시달리거나 추궁을 당한 기억이 없다. 오직 엄마만이 단 한 번 그 일에 대해 언급했을 뿐이었다. 재수학원에 등록하고 백화점 식당가에서 맛있는 음식으로 배를 채우고 나온 어느 오후, 핸들을 쥐고 신호등이 파란불로 바뀌기를 기다리던 엄마가 조수석에 앉아 있던 내게 불쑥 물었던 것이다.

〈못 참겠던?〉

엄마의 눈 밑이 움푹 패어 보였다. 야위셨구나. 회사에 다니면서 나를 챙기느라 그동안 얼마나 고단하셨을까.

그때 내가 뭐라고 대답했는지 모르겠다. 다만, 길모퉁이에 찌꺼들과 뒤엉킨 꾀죄죄한 눈덩이만이, 눈이 온 지 한참이 지났는데도 아직 녹지 않고 남아 있어 신기해 보였던 그 더러운 눈덩이만이 기억 속에 선명히 남아 있을 따름이다. 그 거리의 눈덩이는 벌써 오래전에 녹아 하수구로 흘러갔을 텐데도 그것의 인상은 내 마음의 어느 모퉁이에 얼어붙어 좀처럼 녹지를 않았다.

가끔 나는 생각한다. 위경련만 아니었다면 난 지금 어떤 모습일까. 무얼 하고 있을까. 그러나 그런 생각은 가끔만 할 뿐이다.

맹렬한 빗소리를 배경으로 교통상황을 중계하는 라디오 소리가 버스 안을 흐르고 있었다. 고요한 소음. 버스는 여전히 내 희망대로 정지해 있다. 그런데도 멀미가 일어 버스 내부의 공기가 역하게 느껴졌다. 허둥지둥 가방 앞주머니를 뒤적거렸다. 입 안에 넣고 몇 번만 씹으면 금세 독한 허브 향이 숨에 섞여 코로 새어 나오는 껌을 항상 넣어 가지고 다녔는데 어느 틈에 다 먹었는지 포장지만 남아 있었다.

나는 가방을 뒤지던 손을 멈추고 망연히 앞을 바라보았다. 앞좌석에 앉은 여대생이 유리창에 머리를 기댄 채 꼼짝도 하지 않고 있었다. 잠이 든 것 같았다. 나보다 한 정거장 더 가는 ㅇ대학 학생. 늘 나와 비슷한 시간대에 버스에 타서 머리 모양과 옷차림, 소지품 따위만으로도 그녀를 알아보게 되었다. 그녀는 ㅇ대학 엠블럼이 찍힌 플라스틱 파일케이스와 대학 노트를 가슴에 안고 다녔다. 축제 기간에는 대학 이름이 가슴에 크게 수놓인 후드티를 입고 버스에 타서는 친구들과 요란스럽게 떠든 적도 있었다. 정말 곤히 자네. 지금 세상에 비가 내리고 있는 줄은 꿈에도 모르겠지. 과제를 하느라 밤이라도 샌 걸까. 아니지. 홍대 앞 클럽에서 맥주병을 한 손에 들고 밤새 몸을 흔들어 대느라 피곤한 건지도……

입안에 신물이 고였다. 멀미 기운이 좀처럼 가시질 않았다.

나는 나와 그녀의 머리카락 길이가 비슷한 것 같다고 생각했다. 어깨선을 살짝 넘기는 정도의 길이. 나는 수능을 치룬 이후로 머리카락을 자르지 않고 있었다.

나의 시선이 그녀의 머리카락을 빗어 내리듯 천천히 움직이고 있을 때였다. 그녀의 오른손이 허벅지에서 미끄러져 의자 옆으로 축 늘어졌다. 그 바람에, 들고 있던 학생수첩이 바닥에 힘없이 떨어졌다. 내 오른발 근처였다. 모른 체하기엔 너무 가까웠다. 나는 그녀가 잠에서 깨어나 스스로 그것을 줍기를 바라며 머뭇거렸다. 그녀의 고개가 앞으로 살짝 움직인 것처럼 보였지만 확실치 않았다. 깊이 잠들었는지 그 상황을 전혀 모르는 것 같았다. 몸이 뻣뻣해지는 기분이 들었다. 기분 탓인지 떨어진 학생수첩 가까이 놓인 오른발이 갑자기 저려 왔다.

고민 끝에 나는 떨어진 학생수첩에 손을 뻗었다. 짙은 남색 표지에 금박으로 된 대학 엠블럼이 찍혀 있었다. 표지가 손에 닿자 심장이 두근거렸다. 떨어뜨린 물건을 주워 주는 일은 분명 좋은 일인데 꼭 나쁜 짓을 할 때처럼 목이 움츠러들었다. 학생수첩은 표지가 딱딱하고 보기보다 묵직했다. 손가락에 힘이 들어갔다. 이제 그녀의 수첩은 마치 내 것처럼 내 두 손 안에, 그리고 내 눈 앞에 있었다.

짧은 순간이었지만 수십 가지 시나리오가 떠올랐다. 나는 그중

113

어느 것도 선택하지 못한 채 어정쩡하게 수첩을 들고 있다가 등받이에 기대어 낮게 숨을 뱉었다.

버스가 폭우에 갇힌 줄도 모르고 대책 없이 잠들어 있는 구부러진 등. 그 어딘가를 톡톡 두드리고 "저기요, 이거 떨어뜨리셨어요."라고 말하는, 세상에서 가장 평범한 시나리오를 실행에 옮겨야 한다고 생각했다. 하지만…….

손을 살짝 틀어 수첩의 옆면을 보니 앞표지 날개 속에 종이뭉치가 잔뜩 끼워져 있는 것이 보였다. 이건 뭘까?

궁금증이 들자마자 나는 흠칫 놀라 창밖으로 눈을 돌렸다. 그러나 수첩의 촉감만이 예민하게 느껴질 뿐 눈에는 아무것도 보이지 않는 듯했다. 어느새 내 눈길은 수첩으로 돌아와 있었다. 내 손이 수첩 날개에서 종이 뭉치를 꺼내고 있었다. 그것은 별다른 것이 아닌 그저 영수증을 모아 둔 것이었다. 거기서 멈추지 않고 책장을 넘기는 내 손가락들. 그것들의 태연한 움직임을 당혹스럽게 바라보며, 나는 그 '이상한 짓'을 계속했다. 수첩에 어떤 것이 적혀 있는지 알고 싶었다. 대학생의 메모는 재수생의 메모와 무엇이 다를까.

그런데 내가 하고 있는 이상한 짓만큼이나 그녀의 수첩 역시 이상했다. 어떠한 메모도 없이 그저 기하학적인 무늬를 그려 놓은 낙서들뿐이었다. 그녀가 그려 놓은 복잡하고 어지러운 선과 면들을 아무리 들여다보아도 어떤 의미나 형상을 발견해 낼 수는 없었다. 이게 뭘까. 그녀는 왜 이런 것을 그린 걸까.

"친구가 많이 피곤한가 봐."

갑자기 들려온 목소리. 순간 나는 소스라쳤다. 목소리 쪽으로 고개를 돌리자 아까 장바구니를 정돈하던 아주머니가 나를 보며 웃고 있었다. 머릿속이 새하얘졌다. 누군가 나를 지켜보고 있었다니.

"무슨 공부를 얼마나 열심히 했기에 저리 자누? 학생은 안 피곤해? 친구랑 같이 공부 안 했어?"

아주머니가 나와 내 앞자리의 그녀를 번갈아 보며 말했다. 우리가 같은 대학에 다니는 친구 사이로 보였던 모양이었다. 상황이 묘하게 흘러가려 한다는 것을 직감했다. 너무 멀리 가기 전에 바로잡아야 할 텐데……. 어떻게 말해야 할지 난감했다. 모르는 사이라고 사실대로 이야기하면 지금까지 느긋하게 그녀의 수첩을 훔쳐본 것이 이상하게 보일 터였다. 그래도 그건 그나마 나은 상황일지 모른다. 그보다 더 끔찍한 건 내 입으로 나는 대학생이 아니라고 말해야 하는 상황이었다.

차창 밖에선 무척 사나운 인상의 빗줄기들이 날카로운 직선을 그으며 빠르게 쏟아져 내리고 있었다. 아주머니 쪽을 보지 않아도 아주머니가 나와 계속 대화를 이어 가고 싶어 하는 것이 피부로 느껴졌다. 그러려면 내가 반응을 보여야 할 타이밍이었다. 그러나 입이 떨어지지 않았다. 나는 슬그머니 수첩을 쥔 손을 가방 뒤로 감추었다. 할 수 있다면 내 손을 잘라 차창 밖으로 던져 버리고 싶었다. 저 빗속 어딘가로.

아주머니가 장바구니를 뒤적이며 구시렁대는 소리가 들렸다.

"어휴, 무슨 놈의 비가 이렇게 많이 온담. 차가 움직일 생각을 않네. 자, 이거 먹어, 학생."

아주머니가 장바구니에서 커피맛 막대 아이스크림 하나를 꺼내서 내 쪽으로 내밀었다. 내가 머뭇거리자 아주머니가 어서 받으라는 듯 아이스크림을 흔들었다. 나는 수첩을 가방 위에 살그머니 올려놓고 아이스크림을 건네받은 다음, 기어들어가는 목소리로 고맙다는 말을 간신히 했다. 아주머니는 내게 준 것과 같은 아이스크림을 꺼내어 한 입 베어 물더니 얼굴을 찡그리며 진저리를 쳤다.

"찬 거 좋아하면 젊을 때 많이 먹어 둬. 나이 들면 암만 좋아해도 이렇게 이가 시려 먹기 힘들어지니까."

아주머니가 말했다.

가방에 올려놓은 수첩이 신경 쓰여서 나는 어색한 웃음으로 대답을 대신할 수밖에 없었다. 아이스크림은 반쯤 녹아서 물컹거렸다. 나는 아이스크림 맛을 느낄 겨를도 없이 앞자리에 앉은 그녀가 아직도 틀림없이 잠들어 있는지 살펴보다가 녹은 아이스크림 물을 청바지에 흘리고 말았다. 나는 옷을 더럽힌 것보다도 아주머니가 나를 수상히 여길까 봐 신경이 쓰여서 아주머니 눈치를 보았다. 아주머니는 수첩이나 더러워진 청바지 같은 것에는 관심이 없어 보였다.

아주머니는 아이스크림을 입 안에 머금고 우물거리다가 은밀한 말투로 내게 물어왔다.

"ㅇ대학교 다니지? 공부 잘하나 봐?"

"아……."

"대학 생활은 어때? 재미있지?"

"저, 그게……."

오해를 일으킨 부분에 대해서 해명을 해 보려 했지만 아주머니는 내게 말할 기회를 주지 않았다. 내가 어물대는 동안 아주머니는 대답을 기다리지 않고 또다시 질문을 했다.

"대학생 되니까 좋지?"

그러고는 내가 입을 떼기도 전에 곧바로 다음 질문이 이어졌다. 대답을 들으나마나 뻔하다는 듯.

"대학생이 되니까 뭐가 제일 좋아? 응?"

대학 생활은 당연히 재미있고 대학생이 되면 당연히 좋은 건가? 그럴지도 모른다. 나도 왠지 그럴 것 같아서 이렇게 재수를 하고 있는 게 아닌가. 그런데…… 정말 그렇게 재미있고 그렇게 좋을까?

"……."

나는 빗소리를 들으며 무표정하게 아주머니를 바라보았다. 정말 내 대답이 듣고 싶었다면 이런 식으로 질문만 계속 해 대지는 않았을 것이다. 나는 입을 다물기로 했다. 역시 내 예상대로 아주머니는 대답을 들은 것처럼 행동했다. 이런 사람도 있는 거구나……. 질문을 하면서 듣고 싶은 대답을 이미 들어 버리는 사람도 있구나…….

"학생은 되게 착실해 보인다. 수수하고 다소곳하고 참 예뻐."

그 말을 하면서 아주머니의 시선이 나를 빗겨 가 창밖을 기웃거리는 것이 느껴졌다. 그냥 그런 말이 하고 싶었던 거라는 생각이 들었다. 아주머니가 나에 대해 잘못 알고 있는 부분에 대해서 열심히 설명을 한다고 해도 아주머니는 관심이 없을 것 같았다. 그렇게 생각하니 마음이 한결 가벼워졌다.

아주머니는 멈춰 서 있던 차들이 다시 주춤주춤 움직이고 있는 것을 보고 있었다. 우리 버스도 떠밀리듯 앞으로 이삼 미터쯤 나아가더니 이내 멈추었다. 이후 도로 위의 차들은 미동도 없었다. 아주머니는 금세 실망스러운 표정이 되었다.

운전기사가 짧게 신음하며 핸들에서 손을 떼고 기지개를 켰다.

라디오에서 하수도 역류로 인해 통제된 도로 이름들이 나열되고 있었다. 통제된 도로. 막힌 길. 퍼뜩 미로가 연상되었다. 나는 가방 위에 올려두었던 수첩을 다시 집어 빠르게 넘겨 보았다. 낙서가 아니라 미로 찾기였을까? 나는 눈으로 수첩 속 그림들을 꼼꼼히 뜯어보았지만 헛수고였다. 미로 찾기가 아니었다. 입구라고 할 만한 것도 출구로 보이는 것도 없었다. 그렇다면 무엇? 나는 문득이 잠든 그녀의 뒷모습을 바라보았다.

의미를 알 수 없는 그 낙서보다도 나는 나 자신이 더욱 이상하게 여겨졌다. 그저 단순한 낙서라는 것을 왜 이다지도 인정하기 힘든 것일까. 그리고 나 자신이 걱정스러워지기 시작했다. 도대체 나는 이제 이 수첩을 어떻게 처리하려는 건지…….

그때 아주머니의 목소리가 생각 속으로 비집고 들어왔다.

"저기 학생, 혹시 과외해 보지 않을래?"

이번에도 역시 정말로 바라는 건 내 대답이 아닐 것이라 짐작하며 나는 아주머니가 계속 이야기하도록 내버려 두었다.

"우리 딸이 중3이거든. 애가 머리는 좋아. 내 딸이라서 하는 소리가 아니라, 학교에서 지능검사를 했는데 검사 점수가 진짜 높게 나왔더라고. 그러니 그 좋은 머리로 공부만 하면 성적 걱정은 그만해도 될 텐데, 애가 글쎄 공부를 왜 해야 하는지 대학이 뭐기에 다들 못 가서 안달인 건지 도무지 모르겠다는 거야. 고대 김예슬

사건 알지? 대학을 거부한다고 선언한 그 당돌한 아이 말이야. 그 이야길 하면서 우리 애가 자기 진로를 심각하게 고민하는데 뭐라고 구슬려서 다잡아야 할지 깜깜하더라고. 얼마 전에 우리 아파트 단지에 성적 비관해서 투신자살한 고등학생이 있었는데 그 일 때문에 영향을 받은 건가 싶기도 하고, 하여간 애가 예민할 때라 여러 모로 조심스러워지네. 휴, 요즘 내가 우리 애 생각만 하면 심난해 죽을 지경이라니까."

나는 쓴웃음을 지으며 "그래요?" 하고 맞받았다. 아주머니는 그저 딸 이야기가 하고 싶었던 것 같았다.

"어떡하면 우리 애가 정신이 번쩍 나서 열심히 공부하게 될까? 응? 학생이 얘기 좀 해 줘 봐. 학생은 무슨 생각으로 입시 공부를 했어?"

처음으로 아주머니가 말을 멈추고 내 대답을 기다렸다. 기대에 찬 얼굴로 진득하게 내 얼굴을 바라보고 있었다. 아니, 더 정확히 말해 ㅇ대학 학생의 얼굴인 건가.

나는 아주머니의 질문을 속으로 곱씹어 보았다.

난 무슨 생각으로 입시 공부를 하고 있는 거지? 대학엔 왜 가려는 거지?

나는 대답할 수 없었다. 한 번도 생각해 본 적이 없었던 것이다. 황당했다. 대학이 어떤 곳인지 왜 가야 하는지 모르면서 못 가서 이토록 힘들어하는 나 자신…… 그리고 나의 실패로 나보다 더 힘겨워하는 나의 가족들……. 지금 내가 처한 이 상황은 말이 되는 걸까. 어딘가 이상하다. 무지 이상하다!

"응? 학생 이야기 좀 들려줘 봐. 우리 딸한테 뭐라고 얘기해 주면 좋을까?"

이번에 아주머니는 정말로 묻고 있었다. 이대로 가만히 있으면 집요하게 대답을 요구할 거라는 직감이 들었다. 솔직하게 대답하기로 했다. 될 대로 되라는 심정이었다.

"저도 잘 모르겠어요."

모른다니 말도 안 되는 대답이라고, 무책임한 대답이라고 따질까 봐 불안했다. 저 비가 그칠 때까지 이 버스에, 이 질문에 붙잡혀 끈질기게 추궁당하는 상황이 머릿속에 그려졌다. 그러자 대뜸 억울함이 차올라 목이 메었다.

'날더러 어쩌라고. 정말로 모르는걸.'

아주머니는 불만족스러운 표정을 짓고 있었다. 귀가 뜨겁게 달아올랐다. 어딘가로 숨어 버리고 싶었다. 그러나 밀실과도 같은 폭우 속 버스 안에서 몸을 숨길 만한 곳은 없었다.

그런데 그때까지 운전기사 바로 뒷자리에 얌전히 앉아 있던 아저씨가 옆으로 몸을 돌려 앉는 것이 눈에 들어왔다. 아저씨는 색이 약간 바랜 구식 양복을 입고 있었는데 몸집이 상당히 큰 편이

어서 작은 움직임도 도드라져 보였다. 아저씨는 뭔가 할 말이 있는 듯 나를 보고 눈을 크게 뜨더니 크고 또렷한 목소리로 나를 향해 말했다.

"그래, 학생 말 참 잘했다. 모른다……. 맞아. 모르는 게 당연하지."

누군가가 나와 아주머니의 대화를 듣고 있었다는 사실이 당황스러운 한편으로, 나는 느닷없이 드러난 아저씨의 앞모습에 사로잡혀서 계속 쳐다보게 되었다. 뒷모습만 보일 때는 나이 들어 보였는데 앞모습은 불쾌한 피부 탓인지 아니면 눈에서 느껴지는 어떤 집중력 탓인지 훨씬 젊고 혈기왕성해 보였다.

"모른다……. 아무렴, 모를 수밖에."

신기하게도 아저씨는 모른다는 내 대답을 음미하듯 고개를 천천히 끄덕거렸다. 설마 내 말에서 중요한 깨달음이라도 얻은 걸까. 만일 그렇다면 도대체 무엇을 깨달은 것인지 내가 더 궁금할 지경이었다. 어리둥절하긴 아주머니도 마찬가지인 눈치였다. 아저씨가 그런 아주머니에게 안심하라는 투로 말했다.

"이유를 댈 수 없을 만큼 당연한 일이 되어 버린 겁니다. 대한민국에서 대학에 간다는 것이……."

아저씨는 그렇게 말을 해 놓고는 장례식장에서 누군가를 애도할 때나 어울릴 법한 표정을 지으며 도리질을 했다. 그러다 나와 아주머니에게 공손히 고개를 숙여 절을 했다.

"실례했습니다. 닫힌 공간에 꼼짝 없이 고여 있자니 쓸데없는 상념이 차오르던 차에 흥미로운 대화가 들려와 본의 아니게 끼어들었습니다."

나는 아저씨의 말투가 어딘지 모르게 오래된 책을 닮았다고 생각했다.

"괜찮아요. 근데 무슨 일 하시는 분이세요?"

아주머니가 아저씨를 주의 깊게 살펴보며 말했다.

"예, 저는 ㅇ대학 철학과에서······."

"아······! 교수님이세요?"

아주머니가 말허리를 자르고 호들갑스럽게 떠들었다.

"세상에, 교수님하고 같은 버스에 타게 되다니. 마침 잘됐네요. 제 이야길 들으셨다니 단도직입적으로 여쭐게요. 우리 애한테 조언 한 말씀만······."

"사람 잘못 보셨습니다."

아저씨의 표정이 돌연 차갑고 딱딱해졌다. 아주머니가 당황한 표정으로 되물었다.

"네······? 그게 무슨······."

"저 교수 아닙니다. 늦깎이 대학생입니다."

"아아······!"

어색한 침묵이 이어졌다. 쏟아지는 빗소리보다도 그 침묵이 내 귀엔 더욱 크게 들렸다. 아저씨가 조용히 앞쪽으로 돌아앉았다. 나는 아주머니가 뭔가 사과가 될 만한 말을 아저씨에게 해 주기를 바랐다. 내가 대신 사과할까 하는 생각이 잠시 들기도 했지만 용기가 나지 않았다.

"철학과라고 하셨죠? 철학과 나오면 뭐 해요?"

아주머니는 말을 던져 놓고는 얼른 덧붙였다.

"이런 걸 물어봐도 되는지 모르겠지만."

아저씨는 다시 뒤로 돌아앉거나 고개를 돌리지 않고 뒷모습만 보이며 대꾸했다.

"철학하죠."

아주머니가 무안해진 얼굴로 나를 보았지만 나는 외면했다.

늦깎이 대학생이라는 아저씨의 뒷모습이 무척 꼿꼿해 보였다. 그에 반해 내 앞자리에서 곤히 잠든 내 또래의 대학생은 고양이처럼 등이 둥글게 말린 모습이었다. 두 뒷모습의 대비를 바라보고 있자니, 우연히 버스에서 그들과 한 줄로 나란히 앉게 된 나 자신의 뒷모습이 지금 어떤 모양일지 사뭇 궁금해졌다.

조금 뒤 나는 침을 삼키고 숨을 들이마셨다.

"저, 아저씨……."

내가 떨리는 목소리로 아저씨를 부르자 아주머니가 그런 나를 놀란 눈으로 바라보는 것이 느껴졌다. 하지만 나는 아랑곳하지 않았다. 가슴이 뛰었다. 목소리가 너무 작았나. 빗소리와 라디오 소리에 묻혀 안 들렸는지도 모른다. 좀 더 큰 목소리로 다시 불러야 할까. 그렇지만 두 번 부를 자신은 없었다. 포기하려는 찰나 아저씨가 고개를 약간 틀었다. 아저씨의 크고 불그레한 한쪽 귀와 짧고 곱슬곱슬한 구레나룻과 광대뼈가 보였다.

"아저씨는 왜 대학에 가셨어요?"

내가 조심스레 묻자 아저씨의 고개가 더 많이 틀어졌다. 이제는 한쪽 눈과 눈가의 잔주름과 숱 많은 눈썹까지 보였다.

"후후, 나이 오십에 대학에 들어가니 다들 그걸 묻는구나. 그런 질문이 필요한 사람이 나 하나만은 아닐 텐데 말이지. 뭐, 내 대답은 언제나 똑같다. 나에게 진정한 공부가 필요한 것 같아서지."

내내 잠자코 있던 운전기사가 그때 갑자기 코웃음 소리를 냈다. 그러더니 툭 끼어들었다.

"그래서, 대학에서 진정한 공부를 가르쳐 줍디까?"

빈정거리는 듯한 운전기사의 태도가 어쩐지 불편하면서도 후련했다. 나는 아저씨가 뭐라고 대답할지 궁금해서 귀를 기울였다.

"대학은 공부를 하는 곳이지, 무얼 가르쳐 주는 곳이 아닙니다."

아저씨가 느리면서도 또박또박한 발음으로 말했다. 이어서 운전기사가 혀를 차는 소리가 들렸다.

"공부를 꼭 대학에서 해야 한다고 누가 그럽디까? 등록금도 비싼데 댁은 돈이 썩어 나나 보죠? 난 말이오, 이렇게 책 대신 운전대를 잡고 종일 버스에 앉아서 똑같은 노선만 하루에 수십 바퀴씩 뺑뺑이 치고 있지만 라디오만 들어도 사는 데 필요한 건 자연히 다 알아지던걸요."

아저씨는 한참 동안 말이 없었고 나는 헷갈렸다. 나는 아저씨가 반박할 수 없기를 바라고 있는 건지, 아니면 운전기사를 무릎 꿇게 할 만큼의 위력을 지닌 어떤 중요한 말을 아저씨가 해 주기를 바라고 있는 건지 몹시 혼란스러웠다.

"기사님 말씀도 옳습니다만, 삶에서 잠시 비껴 서서 순전히 알기 위해 애를 써야만 알아지는 것도 있지 않겠습니까."

아저씨의 선명한 목소리가 버스 안에 차 있던 눅눅한 공기를 뚫고 들려온 순간 가슴이 먹먹해졌다. 나는 아저씨의 대답이 마음에 들었다. 나의 대답으로 만들고 싶을 만큼. 그런데 난 대학에서 무얼 알고 싶은 거지? 그런 건 대학에 일단 붙고 나서 생각해도 늦지 않는 걸까?

그때 아주머니가 거칠게 목을 가다듬는 소리가 들렸다.

"이보세요. 아저씨가 삶이 어쩌고 해서 하는 말인데요, 요즘은 대학도 치열한 삶의 현장 아닌가요? 삶으로부터 따돌림 당하지 않으려고 어린 학생들이 얼마나 열심히 살고 있는데 그렇게 한가한 말씀을 해요? 눈 감고 대학 다니시나 보죠? 내 새끼가 답 안 나오는 문제로 고민하는 게 측은하고 어미로서 두고만 볼 수 없어서 여기저기 매달리며 조언을 구해 보려고 발버둥 치고 있는데. 사람 약 올리는 것도 아니고 현실적으로 도움 되는 소린 어쩜 이리 한마디도 들을 수가 없는 건지, 원…… . 휴우…… ."

아주머니가 깊게 한숨을 내쉬었다. 아저씨는 교실 밖으로 쫓겨나 벌을 서는 아이 같은 표정이 되어서는 바닥만 바라보았다. 그 모습을 보니 나 역시 한숨이 나왔다. 왜 아저씨는 그렇게 멋진 이야기를 들려주고도 아주머니에게 핀잔을 들어야 하는 걸까.

"자, 자, 됐수다. 이제 그만두쇼들. 상황 파악이 안 되시나 본데, 지금 그런 게 중요한 게 아니에요. 비가 너무 많이 내리고 있어요. 이건 아주 심각한 상황이라고요. 교통 상황 좀 듣게 조용히들 하세요."

운전기사는 말을 마치기 무섭게 라디오 볼륨을 크게 높여 버렸다. 그것을 끝으로 대화는 완전히 끊어져 버렸다.

아저씨가 고개를 숙인 채 앞쪽을 향해 자세를 고쳐 앉았다. 뒤이어 관자놀이를 꾹꾹 누르는 모습이 보였다. 이제 내가 볼 수 있는 것은 뒷모습뿐이라 확실치 않았지만 괴로워 보였다. 나는 버스 내부가 젖은 상자처럼 우그러들어 공간이 좁혀 드는 장면을 상상했다. 그런 일이 지금 내 눈앞에서 실제로 벌어진다고 해도 전혀 이상하지 않을 것 같았다. 답답하고 우울했다.

조금 뒤, 어디선가 분위기와 어울리지 않는 최신 댄스곡이 흘러나왔다. 나는 그것이 내 앞자리에서 자고 있는 그녀의 전화벨 소리인 것을 금세 알아차렸다. 그녀의 구부러진 등이 움찔거렸다. 나는 점점 커지는 벨소리를 들으며 손에 쥐고 있던 그녀의 학생수첩을 내려다봤다. 그사이 손바닥에 땀이 차 있었고 수첩 표지엔 내 지문이 찍혀 있었다. 나는 사형 집행을 기다리는 죄수처럼 조용히 눈을 감았다가 떴다.

벨소리가 최고조에 달하고도 한동안 그녀에게선 깨어날 기미가 보이지 않았다. 그러다 어느 순간 그녀의 등이 서서히 펴지면서 머리카락이 물결쳤다. 무슨 이유에선지 그녀는 머리카락을 쓸어 넘기기만 할 뿐 벨이 계속 울리도록 내버려 두고 있었다. 그러다 전화벨이 뚝 끊어지자 창밖으로 눈을 돌렸다. 그녀는 비에 당황하지도 낯설어하지도 않는 모습이었다. 바깥을 보고 버스가 어디쯤에 서 있는지 파악하기 위해 유리창 안쪽에 뿌옇게 서린 김을 닦아 내거나 하지도 않았다. 나는 그런 그녀를 지켜보다가 얼굴이 화끈 달아올랐다. 나는 그녀의 행동에서 그녀가 애초에 잠들지 않았거나 벌써 오래전부터 깨어 있었다고 확신하게 되었다.

수첩을 쥔 손이 떨렸다. 나는 그녀의 뒤통수를 노려봤다. 참기 어려울 만큼 화가 났다.

나는 벌떡 일어서서 하차 버튼을 눌렀다. 그러고는 그녀의 코 앞에 수첩을 들이밀었다. 불이 들어온 하차 버튼과 내 얼굴을 번 갈아 보며 그녀가 우물쭈물하는 동안, 아주머니는 목을 길게 빼고 탁구 경기를 구경하듯 나와 그녀 사이에서 눈동자를 바쁘게 굴렸 다. 짜증이 치밀었다. 나는 수첩을 그녀의 무릎 위에 떨어뜨리고 는 운전기사에게 말했다.

"아저씨, 내릴게요. 문 열어 주세요."

운전기사가 성가시다는 투로 되물었다.

"정말로 내리려고? 학생, 여기 도로 한가운데야. 비도 억수같이 쏟아지고 있다고……."

내가 내리는 문 앞으로 성큼성큼 다가서자 뒤에서 그녀가 말했 다.

"저기요, 저는 괜찮아요. 비 많이 오는데 굳이 그러실 필요 없 어요."

그러자 ㅇ대학 철학과에 다닌다는 아저씨도 어안이 벙벙한 표 정으로 옆으로 돌아앉으려고 하고 있었다. 아주머니는 팔짱을 끼 고서 수상쩍다는 눈빛으로 나를 위아래로 훑어보고 있었다. 화가 났다. 화가 나서 미칠 것만 같았다.

"문 열라니까요. 빨리 문 열어요!"

운전기사가 욕을 뇌까리며 계기판 스위치로 손을 뻗었다. 문이 열렸다.

열린 문으로 빗방울이 사정없이 들이쳤다. 나는 발아래를 내려다보고 멈칫했다. 싯누런 구정물이 도로 위를 흐르고 있었다. 나에게 쏠린 승객들의 시선이 느껴졌다. 나는 입을 꾹 다물고 발걸음을 억지로 옮겨 버스 계단을 한 칸 한 칸 내려갔다. 한쪽 발을 버스 밖으로 뻗어 구정물에 담그자 물살의 힘에 밀려 몸이 기우뚱했다. 나는 배에 힘을 주어 균형을 잡고는 나머지 발도 버스에서 떼어내 도로 바닥에 첨벙 내디뎠다.

등 뒤에서 날쌔게 문이 닫혔다. 버스 안을 흐르던 라디오 소리가 뚝 끊기고 여과되지 않은 빗소리가 귀청을 따갑게 흔들었다. 도로를 흐르던 물줄기가 내 두 발목에서 갈라지며 거품이 일었다. 나는 도로 위에 서 있는 자동차들 사이로 휘청휘청 걸어가 인도로 올라섰다. 그러고는 뒤를 돌아 버스를 바라봤다. 뿌연 창 때문에 버스 안이 잘 보이지 않았다. 나를 두고 뭐라고들 할까. 웃기는 애라고 흉을 보겠지?

그때 버스 맨 뒷좌석 유리창에서 하얀 물체가 어른거렸다. 물체가 닿은 자리가 투명하게 닦이고 있었다. 누군가 휴지 같은 것으로 유리창을 닦고 있는 것 같았다. 누구지? 저 자리에 누가 있었더라? 기억이 날 리 만무했다. 버스 뒤쪽은 거의 신경 쓰질 않고 있었으니…….

김 서린 유리창에 생긴 동그란 구멍으로 누군가의 얼굴이 나타났다. 뭔가 말하는 듯한 얼굴. 나는 눈을 가늘게 뜨고 얼굴을 바라봤다. 남자인지 여자인지 아리송했다. 어려 보였지만 그 역시 확실치 않았다. 뚜렷이 느껴지는 것이라곤 표정에 어린 염려. 나를 걱정하고 있는 거야? 다시 김이 서리면서 구멍이 차츰 뿌옇게 변해 가고 있었다. 얼굴이 완전히 사라지기 전에 뭔가 응답이 될 만한 사인을 보내고 싶었다. 나는 두 팔을 들고 천천히 휘저었다. 괜찮아. 걱정 마.

나는 훌쩍 뒤돌아서서 걸음을 옮기기 시작했다. 방향 따윈 안중에도 없다는 듯. 그냥. 무작정. 걷다 보니 헛웃음이 나왔다. 입 밖으로 바보 같은 웃음소리가 새었다. 누가 보면 나를 미친 사람이라고 생각할지 모를 테지만 상관없었다. 이대로 폭우 속으로 사라져 버릴 작정이었다.

나는 계속해서 빗속을 걸어갔다. 온몸이 비로 흠뻑 젖어 갔다. 얼마나 갔을까. 뒤에서 버스 문 열리는 소리가 희미하게 들리는가 싶었지만 나는 돌아보지 않았다.

"저기, 잠깐만요!"

내 발걸음이 서서히 멎었다. 저건 '그녀'의 목소리다! 나를 뒤따라 내린 거야?

"있잖아, 친구 사이로 오해받은 김에 그냥 편하게 말할게. 그래도 괜찮겠지?"

멀리서 그녀가 소리쳤다. 그녀는 잠시 내 대답을 기다리다가 말을 이었다.

"너 괜찮은 거지?"

내가 할 수 있는 일은 고작 고개를 몇 번 끄덕거리는 것뿐이었다. 삼십 미터 혹은 그 이상 떨어진 거리에서 그것도 인정사정없이 퍼붓는 이 빗속에서 그런 내 몸짓이 보이리라고는 생각되지 않았지만……. 돌아서서 그녀를 다시 대면할 자신이 없었다. 그녀처럼 고함치듯 말을 할 엄두도 나지 않았다. 그렇지만 나의 온 신경은 등 뒤로, 조금 멀리 떨어진 그녀에게로 향하고 있었다.

"아까 자는 척해서 미안해. 그것 때문에 화낸 거 맞지? 피곤했어. 그래서 눈을 감고 잠깐 쉬고 있었던 거야. 왜 이렇게 힘들게 대학생 노릇을 해야 하는 건지 정말 모르겠다고 생각하고 있었어. 다 그만두고 싶다고 생각하던 차에 수첩이 떨어졌어. 잘된 건지도 모른다고 생각했지. 그대로 줍지 않고 버리려고 했어. 그런데 네가 그걸 주워 준 거야."

그녀가 씩씩거리며 숨을 몰아쉬고는 다시 소리쳤다.

"난 말야, 우리 집이 부자는 아니지만 가난하다고 생각해 본 적은 한 번도 없었거든? 근데 대학에 들어오고 부쩍 가난하다는 생각을 많이 하게 됐어. 넌 안 그러니?"

나는 우두커니 서서 조그맣게 중얼거렸다.

"몰라. 난 재수생인걸……."

그녀가 계속 소리쳤다.

"학교에서 이번 학기부터 학생회비를 내지 않은 사람한테는 학생수첩을 주지 않기로 한 걸 알고 있니? 너무한다고 생각하지 않아? 예쁘지도 않고 별로 쓸 일도 없는 수첩을 단지 학교 이름이 찍혀 있다고 해서 그렇게 비싸게……."

그녀는 목이 메는 것 같았다. 나는 그녀의 수첩에 그려져 있던 알 수 없는 낙서들이 갑자기 이해가 되었다. 그리고 그녀가 지금 울고 있을지도 모른다고 생각했다. 기분이 이상했다. 나는 드라마나 영화를 볼 때 주인공이 울면 금방 따라서 우는 편이었는데. 그녀가 빗속에 서서 우는 모습이 생생히 그려지는데도 내 마음은 슬퍼지지가 않았다. 나는 꼼짝 않고 서서 내 앞머리와 코끝에서 떨어지는 물방울들을 가만히 구경했다.

"아마 난 영원히 대학 생활에 적응하지 못할 거야. 대학에 왔다고 뭔가 대단한 업적 한 가지씩 이룬 사람들처럼 구는 친구들을 보고 있으면 정말 어리석어 보여. 우리가 자기 자신과 싸우느라 힘겨운 시간을 보냈다는 건 인정해. 그치만 그건 각자의 미래를 위해서 한 일이지 다른 훌륭한 목적을 가지고 한 일은 아니잖아. 제3세계 국가들의 빈곤 문제를 해결하기 위한 방안을 연구하는 조

별 과제를 스타벅스에 모여서 하는 애들을 봤어. 그렇다고 그 애들을 욕할 수만은 없더라. 나 역시 똑똑한 척 잘난 척은 혼자 다하면서 알바하는 곳에서 부당한 일이 벌어져도 잘릴까 봐 못 본 척하고 있었거든. 아마 나 같은 애들이 수두룩할걸? 그런 시시한 존재가 바로 우리들이라고."

대학만 들어가면 고생 끝 행복 시작일 거라고 믿지는 않았다. 그렇게 아둔하지는 않았다. 나보다 먼저 대학에 들어간 친구에게 비슷한 푸념을 들은 적이 있어서 어두운 현실에 대해선 어느 정도 면역도 되어 있었다. 그래도 들어주기 괴로운 건 마찬가지였다. 비관적인 미래를 위해 죽은 듯 입시 공부를 일 년 더 해야 한다는 건 정말이지 기운 빠지는 일이었다.

"넌 내가 듣고 싶어 하지 않는 이야기만 하는구나……."

"뭐라고? 잘 안 들려."

그녀가 말했다. 내가 말을 한 게 반가운 눈치였다.

나는 반쯤 돌아서서 떨리는 목소리로 물었다.

"그래서, 넌 대학에 간 걸 후회하고 있니?"

"조금만 더 크게 말해 줄래?"

나는 숨을 크게 들이마셨다. 그리고 싸우는 아이처럼 주먹을 쥐고 소리쳤다.

"대학에 간 걸 후회하고 있냐고."

"솔직히 요즘은 그래. 지금 나에게 대학은 단순한 허영심을 채우기 위해 악착같이 매달려 있는 곳일 뿐인 것 같아."

그리고 그녀는 말이 없었다. 나는 그녀 쪽으로 완전히 돌아서서 비 때문에 흐릿해 보이는 그녀의 형상을 원망스럽게 바라보았다.

빗방울이 더욱 굵어졌다. 비를 맞은 자리가 얼얼했다. 비에 온몸을 정신없이 얻어맞는 기분이었다.

"나는…… 나는 재수생이야!"

비명처럼 그 말을 내지르고는 왈칵 울음이 쏟아졌다.

나는 그녀를 뒤로 하고 홱 돌아서서 빠르게 걷기 시작했다. 그러나 얼마 못 가서 진창에 발이 빠져 주저앉고 말았다. 어린아이처럼 내가 소리 내어 울고 있는 것 같았지만 빗소리 때문에 울음소리가 잘 들리지 않았다. 그래서인지 우는 게 아니라 소리없이 뭔가를 꺽꺽 토해 내는 듯한 기분이 들었다. 엄청난 폭우구나. 이대로 비에 씻겨 말끔히 지워져 버리고 싶어…….

얼마 뒤 그녀가 잘박거리며 달려왔다. 무릎에 두 손을 짚고 숨을 헉헉 고르면서 놀란 얼굴로 나를 바라봤다. 나는 울음 섞인 목소리로 소리를 질렀다.

"못 들었니? 나 재수생이라고."

끔찍했다. 내가 왜 이런 장소에서 알지도 못하는 사람에게 이런 식으로 치부를 고백하고 있는 건지 알 수가 없었다. 무엇이 어디서부터 잘못된 거지?

갑자기 그녀가 내 뺨을 만졌다. 그녀는 손바닥으로 내 얼굴에 묻은 물기를 닦아 내고는 자기 바지에 손을 문질렀다. 그러고는 자기 얼굴에 묻은 물기도 똑같이 닦아 냈다.

"몰랐어. 네가 재수생인 거. 근데 미안하다고는 안 할래. 재수생? 대학생? 모르겠다. 그게 뭐? 그런 말들이 네가 어떤 사람인지 말해 주는 건 아니잖아."

그녀가 내 손을 붙잡고 위로 잡아당겼다. 나는 그녀에게 의지해 일어서서는 곧장 손을 놓으려고 했다. 그러나 그녀가 힘을 풀지 않고 더욱 세게 잡는 것이 느껴졌다. 나는 어정쩡한 자세로 그녀에게 손을 잡힌 채 하염없이 비를 맞았다.

언제부터였는지 우리 둘레에 물보라 같은 안개가 일고 있었다. 아름답고 신비로웠다. 그 장면을 망치고 싶지 않았다. 나도 그녀처럼 손에 힘을 주어 보았다. 허리를 곧게 펴고 고개를 들었다. 그리고 마침내 그녀를 똑바로 바라봤다.

눈이 마주치자 그녀가 눈을 크게 떴다. 그녀는 내 얼굴을 구석구석 뜯어보는가 싶더니 이렇게 물었다.

"넌 누구니?"

나는 울음이 나오려는 것을 꾹 참고 마음속으로 되뇌었다.

'나도 그게 알고 싶어.'

온 세상을 쓸어 삼킬 만큼 위력적인 폭우가 쏟아지고 있었다. 그러나 휩쓸릴까 봐 두렵지는 않았다. 무거운 질문 하나가 우리 사이에 닻처럼 내려져 있었으므로. 나는, 우리는, 누굴까?

나는 그녀의 손을 더욱 꼭 붙잡았다.

작가의 말

2010년 초봄, 영화와 미술품 감상에 빠져 글을 읽고 쓰는 데에
는 약간 소홀하던 시기였다. 고민하는 만큼 좋은 글이 써지질 않
아서 다른 곳으로 자꾸만 눈을 돌리는 와중이었다. 편집자는 좋은
현상이라고, 그럴 땐 잡글이나 많이 쓰면서 때가 무르익기를 기다
리면 되는 거라고 조언해 주었다.

인사동에서 편집자와 차를 마시고 나온 시간이…… 아마도 오
후 서너 시쯤이었을 것이다. 하늘의 색이 미묘했다. 괜스레 심란
해져서는 홀로 광화문 일대를 정처 없이 걸었다. 걸으면서 함께
걷고 싶은 사람의 모습을 그려 보았다. 그 사람과 어떤 이야기를
나누면 즐거울지 상상해 보다가 갑자기 글이 너무나도 쓰고 싶어

졌다. 당장 쓰지 않으면 죽을 것 같은 심정이었다고나 할까. 보이지 않는 어떤 힘에 복종하듯 부리나케 책상 앞으로 달려가 쏟아내듯 썼다. 그 글이 바로 「낙원」이다.

이틀 만에 탈고했지만 너무 쉽게 쓰인 것이 미심쩍었다. 반 년정도 봉인해 두었다가 다시 열어 읽어 보고는 약간의 자신감을 가지고 편집자에게 보여 주었다. 편집자는 무척 기뻐하며 말했다. 단점은 흐려지고 장점은 짙어졌다고.

나는 솔직히 잘 모르겠다. 작품 한 편 한 편을 쓰는 내 마음은 매번 똑같은 것 같은데 나의 무엇이 어떻게 달라졌다는 것인지. 작품을 발표하는 일은 세상 사람들에게 말을 거는 일과 비슷한 거라고 생각한다. 그동안 소통을 갈망하며 몇몇 작품을 발표했으나 내가 말을 제대로 하지 못했다는 자책감에 괴로웠다. 사람 사이의 소통에 대하여 비관과 낙관 사이를 오락가락하곤 했다. 그런 내 마음 상태가 이 「낙원」이라는 작품에 고스란히 담겨 있다는 것. 내가 아는 건 그 정도밖에 안 되는 것 같다.

편집자에게 「낙원」을 보여주고 얼마 후, 나는 한국을 떠났다. 이유는 단순했다. 사랑하는 사람이 미국에서 일을 하게 되었는데 나는 그와 떨어져 지내고 싶지 않았다.

일 년 조금 넘는 기간 동안 낯선 곳에서 낯선 언어로 읽고 쓰고 말하고 생각하는 경험은 일상과 언어에 대한 감각을 벼리는 데 도움이 되었던 것 같다. 영어로 꿈을 꾸기 시작하던 즈음에 문득문득 두 음절로 된 단어들이 떠올랐다. 「승화」와 「미아」는 정전이 되어서 식탁에 손전등을 켜 놓고 저녁을 먹은 날 난데없이 떠오른 단어들이다. 하필 사랑하는 사람과 다투고 서먹한 참이어서 그날의 적막은 더욱 무겁게 여겨졌다. TV도 볼 수가 없고 거리에 신호등도 불통이어서 드라이브를 나갈 수도 없는 터라 일찍 잠자리에 들었지만 정신이 지나치게 말똥했다. 이불을 끌어안고 뒤척이다 눈을 떴지만 적막에 잠긴 세상은 눈을 감고 있을 때와 별로 다르지 않아서 기분이 묘했다. 사랑하는 사람은 내게서 등을 돌린 채 누워 있었고 나는 계속해서 눈을 떠 보지만 꿈도 현실도 아닌 제3의 어두운 세계에 갇혀 미아가 된 기분. 그러면서도 냉동실에 얼려둔 아이스크림을 비롯한 음식들이 녹을까 봐 신경이 쓰였다. 그러다 승화와 미아라는 두 단어가 온 마음을 장악하게 된 것이다.

뭔가 나올 것 같다는 생각에 이불을 털고 일어나 책상까지 더듬더듬 걸어갔다. 어둠 속에서 손의 감각만으로 늘 놓는 자리에 있던 연필과 메모지를 찾아 두 단어를 적어 두었다. 그러고는 몇 시간을 눈만 끔뻑이며 오도카니 앉아 있었다.

다음 날 날이 밝고 메모지를 다시 보았다. 심하게 삐뚤빼뚤하긴 하지만 힘주어 쓴 두 단어를 보니 몹시 흥분이 되었다. 어떤 내용일지는 전혀 모르겠지만, 각각의 단어가 제목인 단편소설이 있다면 좋겠다는 생각이 막연하게 들었다.

「승화」를 구상하는 데 도움이 될까 해서 한 달 넘게 미션벨리 도서관을 드나들며 과학사전을 뒤적여 보았지만 뚜렷이 잡히는 게 없었다. 그래서 반쯤 포기하고 지내던 중에, 할인 쿠폰이 생겨 아이스크림을 사 먹으러 갔다가 우연히 실마리를 찾게 되었다. 젊은 일본인 남자 둘이 점원으로 일하는 가게였는데 나는 그곳의 서늘한 기운만을 구상하는 데 참고했다. 작품을 쓰는 동안 아이스크림 가게를 자주 들락거렸고, 다 쓰고 나서도 내가 제대로 썼는지 확인하고픈 마음에 몇 차례 더 갔다.

반면에 「미아」는 하룻밤 사이에 뚝딱 써졌다. 중고등학교 때 기억들이 재료가 되었다. 시간은 짧게 걸렸지만 마지막 마침표를 찍었을 때 정신적으로 완전히 소진된 느낌이 들었다. (작가로서 참 좋아하는 느낌이다.)

「미아」 이후로는 한동안 작품을 쓰지 않고 '타국 살이'에 전념했다. 한국으로 돌아와 대전에서 혼자 지내며 「정체」와 「폭우」를 쓰기까지 대략 일 년 정도의 공백이 있었다.

이 책에 실린 다섯 편의 글 중에 가장 오랜 시간이 걸린 작품이

「정체」다. 특별히 더 정성을 쏟았다거나 더 잘 썼다는 게 아니라, 문자 그대로 마냥 오래 걸렸다는 뜻이다.

글이 도무지 풀리질 않아서 쓰다가 중단하고, 방향을 틀어 새로 쓰다가, 이건 아닌 것 같다 싶어 다시 중단하고, 포기하고 묻어두고 그러다 다시 파헤쳐 들여다보며 자학하고…… 그런 식으로 수 개월을 보냈다. 작품 제목처럼 나 역시 정체되어 있는 느낌이 들어서 무섭기까지 한 지경이었다. 그러나 정체가 '머무름'이외에도 '본모습'이라는 뜻으로 쓰인다는데 생각이 미치자 두려움이 가셨고 작품을 어떻게 풀어 가면 좋을지 힌트를 얻을 수 있었다. 이 작품은 신기하게도 내가 깨달은 것을 내 작품 속 주인공도 깨닫는다.

「폭우」는 빗속에 갇힌 버스 안이라는 상황 설정만 그대로일 뿐, 글을 쓰는 내내 작품의 전개나 등장인물에 드라마틱한 변화가 있었다. 원래는 '온갖 척하는 사람들'이 등장하는 풍자적인 내용을 담으려 했으나 글을 쓰면서 중심을 잃고 배경에 불과하던 여자아이의 감성에 깊이 빠져 버리고 말았다. 그로 인해 불쌍한 척하는 노인과 멀쩡한 척하는 사이코는 삭제되었고 주인공 아이가 어디로 어떻게 튈지 몰랐지만 일단 지켜보자는 심산으로 글을 계속 이어 나갔다. 글을 다 써 놓고 배시시 웃었다. 원래 쓰려고 했던 것보다 이것이 나아 보였다. 다행!

이렇게 우여곡절 끝에 단편 다섯 편이 모여 작품집이 완성되었다.

각 편이 제대로 쓰였는지 점검하며 후기를 쓰고 있자니 만감이 교차한다. 인생의 한 시기, 한 고비를 다만 성실하고 솔직하게 버티며 쓴 글들이라 그런지 애착이 많이 간다.

그런 것이다. 버텨 내면 애착이 생긴다.

우연히 이 책을 접해 읽는 이들 역시, 그게 무엇이 됐든 포기하지 말고 버텨 주길……. 그래서 자기 생(生)을 더욱 사랑하게 되길 바란다.

또 한 번 세상에 말을 붙이기 전에
잠시 심호흡을 고르면서
2013. 6. 22.
임태희